累　々

松井玲奈

集英社文庫

目次

本書は二〇二一年一月、集英社より刊行されました。

初出「小説すばる」
1　小夜　2020年9月号
2　パンちゃん　2020年10月号
3　ユイ　2020年11月号
4　ちぃ　2020年12月号
5　小夜　2021年1月号

本文デザイン／坂野公一（welle design）

累々

RUI RUI

1・小夜

「今年中に籍を入れたいと思う」

　そう告げられたのは夕飯の席だった。

　告白された時とは違う味けないプロポーズだった。今日は仕事を入れていなかったので、色あせた黄色の部屋着を身につけ、髪の毛は適当にざっくりとひとまとめにしていた。どうしてリップクリームすら塗っていないかさついたスッピンの顔に向かって、今こんな大切なことを言うのだろうと正直感じてしまった。

　だからといって彼が惰性で結婚を決めたとは思わない。する、しない、の話ではないのだろう。彼の中では。

　私との付き合いが遊びではないことは最初からわかっていた。決まり文句みたいに、結婚を前提に付き合って欲しいと言った時の、彼らしからぬ不安に揺れる視線を今でもはっきりと覚えている。その揺れる心情が私にはドラマチックに感じられた。今の彼は私と人生を共にすることに迷いがない。目の前に並んだ食事の味付けのように、全てがお互いにとって調《ととの》っていると信じている。

「籍を入れるにしても準備する時間が必要だと思うから」

「準備?」

「小夜《さや》のご両親にも改めて挨拶《あいさつ》に行きたいし、僕の周りにもちゃんと話して順序よくいきたいんだ」

今日は休みだから僕が作る、と意気込んでキッチンに立っていたのはこういうことか。食卓には私の好物がずらりと並んでいた。椎茸《しいたけ》と葱《ねぎ》のグリル、青椒肉絲《チンジャオロースー》にかきたまのスープ。ふんわりとしたドレスのような卵がお椀《わん》の中でひらりと踊り、米が蛍光灯に照らされ、その白さと艶《つや》が際立っている。

「今年中ねぇ……」と私は言葉を濁した。

考えるフリをして青椒肉絲に箸《はし》を伸ばす。味付けは濃くも薄くもなく、丁度よかった。葉《よう》さんは今年で三十になる。彼の年齢と半同棲《どうせい》を続けている状況から考えても、次のステップに進むには悪くないタイミングなのはわかるけれど。

開け放った窓から、闇に溶けていくような犬の遠吠《とおぼ》えが聞こえ、湿気まじりの濃い緑の匂いがした。今年が終わるまであと半年ある。

プロポーズらしからぬプロポーズをされたと、親友の深鈴《みすず》に打ち明けたのは一週間後のことだった。待ち合わせした場所は、彼女が行きたがっていた人気のおしゃれなカフェだった。白を基調とした店内は、若い女の子たちの浮かれた声が溢《あふ》れ、その間を縫うように店員さんが動き回っている。

「結婚しないの？」

「一緒にはいたいけど、結婚ってなんだろうって、こっちは煮え切らなくて」

「それにしても、返事を曖昧《あいまい》にしてよく切り抜けられたね。葉さん傷つかなかったの？」

「厳密に言うと切り抜けてはいなくて。ただ……今年中ねぇって濁して返した」

それってOKしてるのと一緒じゃんと、深鈴は眉《まゆ》をハの字にする。高校生の時からの深い付き合いである彼女は呆《あき》れるとすぐに眉を下げる。もともと少し垂れ眉ぎみなのに、もっと下がるものだから、哀れみの色を強く感じてしまう。それも彼女なりの優しさとわかっていながらも、トゲはチクチクと私を責めてくる。

今年中ねぇ……と、口にした私の言葉を、彼女も葉さんと同じように肯定として捉えたようだった。ニュアンスというものは難しい。今年中ねぇ、という言葉には肯定の意味も否定の意味も滲《にじ》ませているつもりだった。

深鈴の薬指を包み込んでいる銀色のリングが今日はやけに目に痛かった。あのプロポーズの後、葉さんは食卓の上に結婚指輪の入った小さな箱を差し出した。控えめなダイヤが真ん中で光っているシンプルな指輪を、私はその場で指にはめることができなかった。

二十三歳という自分の年齢が結婚に適しているのかどうかよくわからなかった。就職していたら社会人一年目。結婚をしたって仕事に就くことはできるわけだし、そんなに悩むことでもないのかもしれない。けれど素直に喜べない自分がいる。

深鈴のお腹《なか》はふっくらと丸みをおびてワンピースを押し上げている。妊婦らしいシルエットの彼女が待ち合わせ場所に現れた時、私は怯《ひる》んでしまった。

ライター志望の深鈴の妊娠がわかったのは数ヶ月前。夜中に電話がかかってきて酷《ひど》く泣き付かれた。妊娠と結婚が同時に襲ってきた彼女のことを、その時の私は悲劇的だと感じてしまった。

まだ若いのに。やりたいこともあるでしょう。あなたの夢はどうするの。

お腹に宿った命に責任を持てるのか、その子の親に自分がなれるかどうか、相手はこの人でいいのか、深鈴は悩んでいた。その話を聞きながら私も万が一、葉さんとの子供ができたらと考えたけれどどうにも現実味がなかった。彼女の夫も最初は動揺していたけれど、私の知らないところで二人で腹を決め、結婚も出産もあっさりと決めてしまっていた。

今となってはそんな彼女たちを羨ましく思う。

「二人は側《はた》から見ても相性がいいと思うし、結婚すればいいじゃん」

「なんか……想像ができなくて」

「小夜に十分尽くしてくれるし、今だってほぼ同棲してるんでしょ？　何をそんなに躊躇《ためら》うの」

「……自分でもわかんないや。結婚ってなんだろうって、そればっかり考えてる」

「結婚して、子供ができて。人生の中で見つけた宝物のような家族がいるってだけで自信が持てて安心できるようになるよ」

「………ああ」

「マリッジブルーか」

そんな簡単な言葉にしないで欲しかった。深鈴が結婚を決めた頃から、自分が結婚に対して違和感を抱いていることに気がついていたのに目をそらし続けていた。自分の年齢はまだ結婚に適している気がしないし、相手もこちらの心の準備を待っていてくれるだろうと信じていた。でも違った。葉さんはこの穏やかで変化のない生活に一つの区切りをつけ、一生を共にしたいと手を差し出した。

結婚をして夫婦になる。それはどんな感じなのだろう。みんな必要に迫られる状況でない限り、どういった理由で結婚に踏み込むのかわからなかった。深鈴が言うように家族という安心の〝形〟が欲しいのだろうか。

葉さんとの関係に安心感は欲しいけれど、自分の未来にはまだ確信が持てない。

店員さんがやっとくると、深鈴は待ってましたと言わんばかりに嬉々《きき》としてメニューを開き、一番人気はどれかなど、あれこれ聞き始めた。お腹が大きくなってもライターの仕事はできると言って、仕事への意欲は消えていないようだった。そういえば妊娠した時も彼女は自分の夢が絶たれるという不安は一切口にしていなかった。今は以前にも増して光り輝いて眩《まぶ》しいくらいだ。

一番人気のチョコレートケーキを頼んだ後、付け加えるようにノンカフェインの紅茶ってありますか？　と店員さんに聞いていた。

「私は、モンブランと、ブラックコーヒーで」

今何ヶ月なんだっけと聞くと、もうすぐ八ヶ月になるよと深鈴は愛《いと》おしそうにお腹をさすった。

「そろそろ外に出るのは慎重になるけど、産んで落ち着いたら家に遊びにきてよ」

「ありがとう。会ってくれるのも嬉《うれ》しいけど、体優先でいいからね」

そう声をかけると、あっ動いた！　と深鈴はお腹に手を当て我が子の胎動を満足気に感じていた。触るかと聞かれたけれど、大きなお腹に触れることが怖くて、大丈夫、と断ってしまった。

考えても考えても結婚に至る確信は見つからなかった。自分のワンルームのマンションにいると余計に現実味がなくなる。目の前には自分のものばかり溢れている。枕《まくら》の二つ置かれたベッド、ネコ脚の白いローテーブル、一人暮らしにしては大きすぎるテレビ、好みじゃないけど使ってるバッグ、醬油《しょうゆ》をこぼしてシミのついたラグ。全てが自分の一部で、馴染《なじ》んでいる。

ベッドの下の引き出しを開けると、ほとんど使われていない葉さんの着替えが仕舞われている。私は引き出しをそっと元に戻した。

彼をこの部屋に入れたことは数える程だ。だからといって自分の空間が彼の空間と混ざり合うことが嫌なわけでもない。実際私は葉さんの部屋に転がり込む形で半同棲生活をしているし、彼の部屋は私のものや影で溢れている。葉さんはあまりにも簡単に、私という存在を受け入れてくれた。

気分を変えたくてクローゼットの奥に仕舞い込んだ画材を出して机に広げた。B4サイズのスケッチブックに線を引く際の、画用紙の上を滑る鉛筆の感覚が懐かしかった。前は暇があればずっと紙に向かっていたというのに。明確な夢を抱き、作品を作っていた時間が一番自分と向き合い、自分を理解できていた気がする。だから、自分の本当の気持ちが知りたくて、ドレスを描いてみることにした。

背中はざっくりと開いて、ウエストの位置はできるだけ高めに。腕を華奢《きゃしゃ》に見せるために細かなレースの袖《そで》を描き込んだ。裾《すそ》が広がりすぎないストンと綺麗《きれい》に落ちるドレスにするには布はどんな素材がいいだろうか。想像しながら鉛筆を走らせると、真っ白な背景の中で髪の毛をひとまとめにした表情のない女性が振り返りポーズを取っている。

顔のパーツを描かないままパレットに白のアクリル絵具を絞り出した。その瞬間、手が止まった。

純白のウエディングドレスだなんてあまりにも枠にハマったステレオタイプで、無意識に白を手にした自分に目眩《めまい》がした。

鉛筆を手に取り、のっぺらぼうの顔に目鼻を描き足していく。振り返り笑っているのは私ではない。パレットに出したままの白の絵具を使いながらドレスを塗り、陰影をつけて全体を仕上げていく。

完成したのは藤色のブーケを手にして満面の笑みを浮かべた深鈴の姿。

「深鈴が結婚式をするならこんなドレスを着て欲しいと思って描いてみたよ」

描き上げたばかりの絵と共にメッセージを彼女に送った。

「小夜が私のために描いてくれたなんて感激だよー！　出産してからになっちゃうけど、こんな素敵なドレスが着れたら嬉しい！　この絵、結婚式の時に飾りたいくらい」

無邪気な返信を確認してから携帯を伏せて置いた。

コーヒーショップでバイトをしていた時、毎日やってくる葉さんの顔とオーダーを覚えていた。首から下げている社員証を見る限り、彼は同じビルの中にある大手企業の社員だった。

「ブラックコーヒーの一番大きいサイズを熱めで、ですよね」

彼が注文を口にする前に自分の口からオーダーが出ていた時、やってしまったと思った。人の顔と名前を覚えたり好みを覚えたりすることを得意としていたけれど、つい癖が出てしまった。

常連のお客さんの好みやメニューを覚えるのはいいことだと教わっていたけれど、以前ここで同じことをした時に、いつも頼むものを覚えているなんて気持ちが悪いと大きな声を出されたことがあった。あの時のように嫌な顔をされ、咎《とが》められたらどうしようと、私は俯《うつむ》いて肩を強張《こわば》らせていた。

「僕いつもそれですもんね」

顔を上げると葉さんははにかんだ笑みを浮かべていた。凍ったように固まった体を、春の日差しが温めとかしていくようだった。

シワのないスーツに綺麗に結ばれたネクタイ。細いフレームのメガネから堅い印象があった彼だけれど、メガネの奥の柔らかなブラウンの瞳《ひとみ》としっかり目が合った時、その視線に珍しく動揺して目をそらしてしまった。

「すみません。覚えてしまって、つい」

「恥ずかしいな。……じゃあ、〝いつもの〟、お願いします」

「いつもご利用ありがとうございます」

彼のオーダーした紙カップの側面にごめんなさいと謝るウサギのイラストを描いて渡すと、「こんな可愛《かわい》いカップ初めてです。絵が上手なんですね」と、久しぶりに人に絵を褒めてもらえた。嬉しくなった私は彼が来る度に、彼のカップにだけこっそり絵とメッセージを書き込むようになった。メッセージやイラストはよく描くのかと聞かれた時、他のお客さんには内緒ですよと伝えると、ほんの些細《ささい》なことなのに二人だけの秘密が生まれ、私たちはわずかな時間見つめ合って笑い合った。テイクアウト用のコーヒーカップはまるで交換日記のように私たちを繋《つな》いでくれた。

今日は午後から雨みたいです。

素敵な柄のネクタイですね。

髪の毛切りましたか？

店先で交わせる言葉は多くはないけれど、カップを渡して絵を確認した後の彼の反応を楽しみにしている自分がいた。喜んでもらえる度に、自分の存在を認めてもらえている気がした。

けれどふらふらとバイトをしている私に彼のような真面目《まじめ》な社会人は見向きもしない

と思っていた。お客さんと店員。ただそれだけ。

いつも午前中にだけやってくる彼が夕方にも顔を見せた日があった。珍しいですねと声をかけると、葉さんは、今日は何時に仕事が終わりますかと聞いてきた。

「もしよかったら、お互い仕事が終わってからお茶でも」

コーヒーショップに来ておいてお茶に行きませんかと誘う彼は、意外と天然なのかもしれない。

「ごめんなさい。今日は用事があるので……でも、明日なら大丈夫です」

葉さんの肩からふっと力が抜け、メガネをすっと押し上げた。

「……よかった。明日は何時に終わりますか？」

「明日は十八時には上がってます」

「僕の方は終わるのが十九時を過ぎてしまうので、申し訳ないですが待っていてもらってもかまいませんか？」

「はい。ここでゆっくり待ってるので、お仕事頑張ってくださいね」

「えっと、じゃあ」

「いつもの、ですか？」

熱めのブラックコーヒーを入れるカップに、彼の似顔絵と共に明日楽しみにしていますと書き込んで渡した。

　彼は初めてのデートでコーヒーを飲みながら緊張気味に自分のことを話してくれ、歳《とし》も社会的立場も全く気にせず、私という人間に興味を抱いてくれていた。まっすぐな、けれど少し不安そうな目をして、「お店で顔を合わせるだけじゃなく、きちんと話をしてあなたのことをよく知りたいと思って」と告げられた。そのまっすぐさに慣れていなかった私は、彼の視線に面食らった。ちょっと真面目すぎるけど、思ったことをストレートに伝え、駆け引きをしないところを信じてみてもいいかもしれないと思った。その日、彼からムスクの香りがすることに初めて気がついた。

　付き合い始めて程なくして私は彼の家に入り浸るようになり、バイトがない日は料理をして帰りを待った。美大生時代、自分が食べるための簡単な料理ばかり作っていたから、誰かに自分の手料理を食べてもらうことは緊張した。彼はいつも美味《おい》しいと食べてくれるけど、食事を作ることが当たり前になりいつかその言葉も聞けなくなるのかもしれないと思うと、私の心はわずかに乱れた。

　山登りが趣味の彼は休みの日に大学時代のサークル仲間と登山に行くこともあったけれど、土日のどちらかは必ず一緒に過ごしてくれていた。私よりも随分と几帳面《きちょうめん》なところがある彼は、登山から帰ってくると丁寧に靴の泥を落とす。ベランダから聞こえるブラシの音をBGMに彼のためにコーヒーをいれると、匂いに気分をよくした鼻歌が聞こえてくる。

普通のカップルとして彼と共にトラブルなく生活をしている自分を顧みると、私も人らしい恋愛ができるのかと思えた。そうしているうちに気が付けば二年の月日が経《た》った。過ごしてきた時間と、彼の年齢を考えれば結婚の話が出てきてもおかしくはないのだ。

シャツとネクタイの組み合わせ、靴を並べる順番。キッチンのタオルと、洗面所のタオルの違い。お味噌汁《みそしる》の出汁《だし》の取り方に、お米の炊き加減。彼には細かなこだわりがあった。もちろん、それは私にも。一緒に過ごすうちにお互いの丁度いいがわかっていくけれど、嘘《うそ》とも呼べない小さな歩み寄りを繰り返しているだけ。そうするうちに自分が本当はどういう人間だったのかが曖昧になっていく。今回のことも彼の考えを汲《く》み取り、足並みを揃《そろ》えることがこれから人生を共にし、添い遂げるために必要不可欠なことはわかっている。けれど「愛してる」と言ってくれる彼の差し出す手を取ることができず、その言葉を聞く度に心が立ち止まったままになる。

あれから答えを出せないまま、葉さんとの時間を過ごしている。私は以前よりもバイトを入れるようになった。バイトを終えて帰宅すると、穏やかな彼の声が私を迎え入れてくれる。部屋の中はほろ苦いコーヒーの香りで満たされていた。

「今日は結構遅かったね。ご飯は？　食べた？」

「食べたから大丈夫」

そう、と彼はコーヒーに口をつけながら足を組み替えた。

「最近バイト頑張りすぎじゃない？」

「人手が足りないみたいでさ」

おろしていた巻き髪をひとまとめにすると、ようやく肩の力が抜けた。私も一杯コーヒーをもらおうかと思ったけれど、眠れなくなるかもしれないと思いとどまった。

「それに、結婚ってお金がいるでしょ。甘えるわけにはいかないから」

そう伝えると、彼は嬉しいよと言ってくれた。プロポーズをされてから、具体的に結婚の話はしていないけれど、目を背けるために入れるバイトの言いわけが暗に結婚を受け入れてしまっていることに苦しんでいた。

部屋の隅に置かれたハンガーラックに明日着るであろうスーツとワイシャツのセットだけがかけられていた。

「アイロンかけようか？」

彼は、自分でかけるから大丈夫だよ、と首を横に振った。

「お風呂も入れてあるから、入っておいで。疲れてるでしょ」

「葉さんのお仕事に比べたら私のバイトなんて、なんてことないよ。でも、ありがとう」

そのまま浴室へ向かい、手早く服を脱いでシャワーを浴びる。目を閉じ、雨粒のように降ってくるシャワーに顔を向けると、笑い疲れた表情筋がゆっくりとほぐれていった。だらりと頭を下げると、髪の毛を伝って水がしたたり落ちていく。排水口に無抵抗に吸い込まれて行く水の流れを黙って見つめた。

浴槽に溜《た》められたお湯に体をすっぽりと沈めると、体の奥から自然と息が漏れる。どうして葉さんと結婚することをいまだに受け入れられないのか。道を歩けば親子連れが目につくようになった。小さな子供の手を引く男性に自然と葉さんを重ねてしまう。今の私は、奥さんとしてその少し後ろを歩いて微笑《ほほえ》むことができるだろうか。考えると気が遠くなるし、やっぱり想像ができなかった。

深鈴のように仕事上の夢があるわけではない、今もなんとなくバイトを続けてふらふらとしているだけの人間だ。

何かに夢中になることが怖いのだ。葉さんといることが自分の生活において幸せだとわかっているはずなのに、彼に夢中になることを恐れていることに後ろめたさを感じてしまい、私の気持ちはどんどん内に入っていく。

プロポーズをされた時、先に渡すのは婚約指輪だよと言えなかった。代わりに「もったいなくてつけられない」と嘘をついた。行き場をなくした結婚指輪は彼の机の引き出しの中に仕舞われたままになっている。彼が仕事に行っている間に、一度だけ黙って自分の指にはめてみたことがあった。どんな気分になるか知りたかったのだ。銀色の指輪は笑ってしまうくらいサイズが違っていて、ぶかぶかだった。

木々が燃えるように色付いている。携帯のカメラを構えてみたけど、四角い画面の中より肉眼で見る方が遥《はる》かにダイナミックで、色彩豊かに感じた。携帯を下ろすと、もう写真撮らないの？　と声をかけられ振り返った。

「目で見る方が綺麗だったから」

山にでも登りに行こうかと言ったのは葉さんだった。紅葉が綺麗だし、体を動かす休日も悪くないでしょと。彼が私を登山に誘うのは初めてだった。珍しいねと言うと、たまにはいいでしょと、私の好きなはにかんだ笑顔を見せた。

仕事の時はスーツの彼も、今日はウール素材のシャツにトレッキング用のベージュのパンツ。どこにいても目立つ真っ赤なバックパックを背負い登山用の装いをしている。ピシッとしたスタイルも好きだけど、シンプルな服をサラッと着こなしてしまうオフスタイルの彼もいい。私は登山用の服なんて持っていないから、動きやすい服として、デニムにスウェットパーカーを合わせた。寒いといけないから、腰には一枚はおりものを巻いている。

途中休憩を入れながら、私たちは黙々と頂上を目指して歩みを進めた。彼は定期的に後ろを振り返り、様子をうかがってくれる。

「私、デートで山登りなんて初めてだよ」

「たまにはこういうのもいいでしょ」

「新鮮」

木々の揺れる音や、地面を踏む砂の擦《す》れる音は、街のざわめきとは違った。息を吸うと体の隅々まで浄化されていく気分になる。都会の混み合って淀《よど》んだ空気との違いに体が喜んでいる。

「一番上に着いたらご褒美があるから頑張ろう」

頂上まであと一息のところで斜面が急になってきた。落ち葉を踏んで足を滑らせたらどうしようと歩みが遅くなると、葉さんは何も言わず手を取ってくれる。しっかりと結ばれた手に安心感を覚えた。そういえば初めて手を取ってもらった時も同じ気持ちになった。

二回目のデートの時、触れてみたいなと思った瞬間、彼の方から手を取ってくれたあの日。なんてタイミングがいいんだろうと思った。

相手のことをよく見て先回りしてしまうところが、私たちは本質的に似ているんだろうか。

繋がれた手は温かいのにふと腹の底が冷える感じがした。

たどり着いた頂上には小屋があり看板には「そば、うどん」と書かれている。

「お昼は、ここで食べよう」

壁に貼られたメニューを見て葉さんは月見蕎麦《そば》を頼んだ。私も同じものをとお願いすると、小柄なおばちゃんが、はいよと元気よく答えてくれる。

「前も来たことあるの？」

「何年も前に、かな。小夜と来てみたくなって」

お店の隅に置かれた年季の入ったテレビも、角がくるりと丸まったメニューの紙も、黒ずんだ木の壁も、ここだけ時間の流れが違うみたいだった。

真っ白なとろろの上にまあるい黄身がポトリと落とされた蕎麦はホカホカで、ツルッルと喉を通り体が温められていく。麺を箸ですくい上げれば湯気と共につゆが香りたつ。

あっという間に完食してしまった私を葉さんは満足そうに見ていた。

「こんな美味しいお蕎麦ならまた食べにきたいね」

「気に入ってくれてよかった。おばちゃん、お団子一つください」

お会計を済ませ串団子を一本受け取ってから、私たちは見晴らしのいいベンチに腰を下ろした。

頬を撫《な》でる風が気持ちよく、眼下に広がる木々の色とりどりの赤に開放的な気分になる。

　頭上のモミジを指差し、この赤は何色だと思う？　と問いかけると、葉さんは珍しく目を白黒させて戸惑った。

「何色？　赤は、赤じゃないの？」

「赤の中にもいろんな赤があるんだよ」

　彼はしばらく眉間にシワを寄せ、じっと黙って頭上の葉を真剣に観察する。

「それ、悩んでるフリでしょ」

「……ばれたか。赤色の中で知ってるのは、朱色くらいしかないよ」

「これはね、私の目には紅《くれない》の八塩《やしお》に見える」

　聞き慣れない言葉に、葉さんはメガネを指で上げてこちらを向いた。

「そんな名前の色が本当にあるの？」

「あるんだよ。とっても濃い紅花染《べにばなぞめ》の色。昔はとっても貴重で、高価なものだったから、禁色《きんじき》って呼ばれてたんだって」

「禁色って、なんだか物騒な名前だね」

「確かにね。でも、もーっとわかりやすく言うと、深紅《しんく》」

「あ、それなら聞いたことのある色の名前だ。確かに、とっても深い色の赤だね、このモミジは」

「炎の奥の深い色みたいで好き」

「やっぱり美大出身は、色に詳しいね」

意地悪のつもりで葉さんに出した問題だったのに、こちらがからかわれてしまった。

「おちょくってるでしょ」

「お互いさまでしょ。ほら、お団子食べよ」

それから私たちは木々の色の話をした。彼は、山によく登るけど葉っぱが何色かなんて真剣に考えたことがなかったと言った。目に見えるものが何色だと思うかとクイズのように言い合うと、だんだんとでたらめな色の名前ができて二人でお腹を抱えて笑い合った。

「そういえばさ、葉さんは何色が好きなの？」

「この色っていうのはないけど、今日話して自然の色は興味深いと思ったよ。移り変わっていくものだから」

「木の色もそうだもんね。季節によって色が全然違う」

「うん。その変化が好きだから山が好きなんだと気がついた。変わっていく姿を見て安心していたんだと思う」

「変わっちゃうのに？」

「変化がないと不安になるから。春は緑で、夏はもっと色が濃くなって、葉っぱの色は時間と共に変わっていく。訪れる度に景色の表情が違ったんだよね。小夜が今教えてくれたみたいに、一つ一つの木の色が違うように、同じ木でも、その年によって葉っぱの色も違うだろうしね」

「うん」

「見る場所や時間でも、今と違う色をしてるんだろうね」

「そうだね。ここも来年には違う色に染まってるんだと思う」

自分で口にした来年という言葉が引っかかって、思わず視線を落とした。目の端には団子のなくなった棒を指先でくるくるとさせ、持て余している葉さんの手があった。

「来年も見にこられたらいいね」

口にした言葉が妙に浮ついて、薄藍《うすあい》の空に簡単に吸い込まれてしまった。

「小夜は結婚することに前向きじゃない?」

腹の底がひゅっと音を立ててまた冷えた。

盗み見た彼の視線はまっすぐ前を向いていて、プロポーズをした時と同じように迷いがなかった。けれど私の方は、前のように肯定とも否定とも取れる言葉を持ち合わせていなかった。うまく切り抜けたいのにどうにもできず、不本意に生まれてしまった沈黙を葉さんが破った。

「責めてるわけじゃないよ。ただ、僕の方はずっと考えてるんだ。真剣に話を進めるなら、そろそろお互いの両親にも改めて挨拶に行きたいし、周りに報告をする準備もいるだろ。急《せ》かしてるわけじゃないけど、小夜の気持ちをちゃんと知りたくて」

責めてるわけじゃない、急かしてるわけじゃないという保険の言葉から、彼の腹の中が見える。

責めてるし、急かしてるんだ。

「結婚のためには準備もいるから、まずはお金を貯《た》めないとって。葉さんに全部出してもらうわけにもいかないし、私のお金の準備が調《ととの》うのはもう少しかかっちゃうかも。ほら、最初年内にって言ってたから。それに合わせてお金を貯めてて。だから、待たせちゃってごめん」

普段、葉さんに対しては口に出す言葉を頭の中できちんと吟味するのに、おしゃべり人形のようにペラペラと言葉が溢れてきた。

「小夜はそんなこと気にしなくていいんだよ。足りない分は僕が出すし、これからは二人で補い合ってくんだから」

模範解答のような言葉を口にしながら、強い眼差《まなざ》しが私を捉えた。ぐっと押された分だけ、私の気持ちも引いてしまう。気持ちに応《こた》えられる自信のない後ろめたさから口が勝手に絞り出した言葉は「……今は背伸びさせて欲しいな」だった。そしてしおらしく視線を外すと、わかったよと彼は肩を抱いてくれた。ふわっと、整髪料の青リンゴのような匂いがした。

しばらく何も言わずに、流れていく雲と傾いていく太陽をじっと目で追っていると、日が陰り始め、「冷えてくるし帰ろうか」と、葉さんは私の手を温めるように優しく摑《つか》んで、さっきの話はなかったかのように、二人で肩を並べて山を下りた。

その日はいつものように葉さんの家に帰った。お風呂から上がると彼がリビングで誰かと電話をしているのが漏れ聞こえてきた。砕けた口調から察するに、葉さんの親友の石川《いしかわ》くんだろう。

「マリッジブルーって本当にあるんだな」

冗談めかした笑い声をかき消すように私はドライヤーのスイッチをオンにした。

お金が足りないなんてのは言い訳でしかない。私の部屋に使い道のないお金がお菓子の空き箱にぎゅうぎゅう詰められていることを葉さんは知らない。アルフォート三箱分に詰まったお金がいくらなのかは興味がないけれど、結婚式の資金の足しにはなるだろう。消費することより、箱にお札が詰まっていくことが自分が認められているようで安心してしまう。

結婚という文字が頭に浮かぶだけで、脳が真っ黒な海に投げ込まれた気分になる。波に揺られて意識がかき混ぜられ、家の中にいるのに船酔いをしているような吐き気に襲われた。

に。

乾かさないとダメだ。濡《ぬ》れた髪の毛も、真っ黒な液体に浸った自分の脳味噌《のうみそ》も今すぐ

燃えるように色付いていた木々の葉は、焼け落ちたように姿を消した。地面に落ちた葉っぱは燃えかすのようになり、冬の刺すような風がそれらをどこかへと運んでいく。

十二月に入り、九月の終わりに出産を終えた深鈴と久しぶりに会えることになった。平日だから旦那はいないし、気楽に遊びにきてと。

彼女が結婚してから家に行くのは初めてだった。お互いの家を行き来し合っていた学生時代が遥か昔に感じてしまう。

見慣れないマンションのエントランスを抜け、五階まで昇り、角の部屋のインターフォンを押すと、聞き馴染みのある声と共にドアが開く。

いらっしゃいと招き入れられて中に入ると、甘いポプリの香りがした。今までの深鈴の家からはしなかった匂いだ。ゆったりとした前開きのワンピースを着た深鈴の髪の毛は、バッサリと短く切り揃えられていた。

「インスタで見てたけど、随分髪の毛切ったね」

「産んだら大忙しだよって言われて。だから切っちゃった」

今までポリシーのように長い髪を守っていたのに、顎《あご》のラインで切り揃えられた髪の

毛のせいで首元が寒そうに見える。

「でも本当に正解だった。もう毎日寝不足で、髪の毛乾かす時間も惜しいくらい」

大変だね、という言葉しか返せない自分がもどかしかった。今までは二人の間で交わされる会話はお互いが共感できるものだったのに、深鈴が妊娠してから少しずつズレが生じている。出産方法、必要なベビーグッズ、どんな名前にしようか。ありきたりな提案や相槌《あいづち》しか打てないことばかり。

生まれて二ヶ月しか経っていない赤ちゃんはまだ体つきも頼りなくふにゃふにゃしていた。グズり始めると話を中断して深鈴は息子のおむつをチェックしたり、母乳をあげたりしていた。この小さな小さな男の子は深鈴がいないと生きていけないんだろう。それを深鈴も本能的に理解しているのだろうか。何よりも大切で愛おしいものを見る眼差しで我が子をあやしていた。

「子育てってすごいなあ」

「本当、体力勝負って感じ」

「深鈴はもう立派なお母さんって感じがする。すごいよね、同い年なのに。私にはできる気がしないや。自分の世話で手一杯」

そう言った瞬間空気がひりついた。視線を上げると非難の目がこちらに向けられていた。何が彼女をそうさせたのかわからず、目を白黒させながらもどうにかごめんという言葉を絞り出した。すると彼女はいいよと短く答えて、息子を抱いたまま椅子《いす》に慎重に腰を下ろした。

「私だって自分のことすらままならないよ。だけどこの子は私がいないと生きていけないから、毎日必死。産む前はちゃんとした母親になれるって思ってたのに、子供を産んだ瞬間からちゃんとした親になんてなれないって身をもって知って。この子はもちろん何よりも大切だけど、時折どうしようもなく怖くなる時がある」

「………」

「本当にこの手で育てられるだろうかってね。産む前だって不安だったけど、楽しみとか、期待の方が正直勝ってた。……眠れない日は今も独身だったらって考えちゃう時もあるよ。もちろん今が幸せだけど、私は小夜のことを羨ましくも感じる」

彼女の細い腕に支えられた赤ちゃんは、ゆっくりとした寝息を立てている。深鈴の表情は我が子を見ると穏やかなものに変わっていった。

「やっと落ち着いてくれた」

「深鈴は結婚式、いつする予定なの？」

私のプレゼントしたウエディングドレスの絵は玄関の入り口に飾ってあった。絵の中で可憐《かれん》に振り返り笑みを浮かべている深鈴の顔がチラつく。

「どうだろう。この子が一歳過ぎたらかな。今はもう育児にてんてこまいで。それにプラスして結婚式の準備ってなると、ねえ」

「だよね」

「あ、でもね、この子も一緒にウエディングフォトは撮ろうって旦那が言ってくれて。そのためにもう少し痩《や》せないとねぇ」

　痩せないと、と言う彼女は十分以前と変わらない体形に思えた。違うのはバッサリと切られた髪と化粧っ気のない顔だけだ。

　今度リップをプレゼントしようと思った。唇がほんのり桜色に染まるリップ。せめてリップを塗る時間くらい自分に与えてあげて欲しい。以前は自分をもっと彩っていたのに今は色のないさみしげな唇が気になってしかたない。

「小夜が描いてくれたドレスみたいなのは着られないかもしれないけど、結婚式をするならあの絵はウェルカムボードに使いたいなと思って」

「その時は深鈴が着るドレスに合わせて描き直すから、言って」

「ありがとう。小夜の方はどうなの？　結婚」

「最初言ってた年内はもうすぐだから、そろそろ決めないといけないんだけど」

「そろそろって、葉さんはもう流石《さすが》に気づいてるでしょ」

「マリッジブルーでしょって。焦らせるつもりはないけど、挨拶とか準備もあるから返事が欲しいってこの間言われちゃった」

深鈴の眉毛がハの字になる。よく見れば彼女の息子も少し垂れ下がった眉をしていて、親子なんだなと感じずにはいられなかった。

何がそんなに引っかかるのと、彼女はため息交じりに口にした。

自分の内側にある言葉をここで吐き出したら、傷つけるつもりはなくても深鈴を悲しませることになるだろう。

この歳で結婚を決めるべきかどうか。

私はまだ二十三歳だ。葉さんのことはもちろん好きだけれど、結婚すればどうしたって身軽ではなくなる。

不安なのだ。本当に葉さんと一生を共にすることがこの私にできるのかが。考えるだけで脳味噌が黒い海に浸されていく恐ろしさに身震いする。自分の名前が変わって、別の人になり代わるようだ。深鈴も結婚をして出産をして、別人になってしまった気がする。同じカテゴリーの中に私たちは今はいない。

結婚を決めれば、彼女と同じような悩みを持ち、マイホームについての資金繰りや、相手の親族との関係性についてああでもないこうでもないと、また同じ話題を持てるようになるだろうか。

「小夜は考えすぎだよ。葉さんと一緒にいたいんでしょ？」

「いたいけど、それは今の関係のままでも変わらないと思って」

「彼は安心したいんだよ」

「私の気持ちはそれじゃ安定しないよ」

「でも葉さんだって、小夜のものになるわけだし」

「私も、葉さんも、ものじゃないよ。どうしてみんなそんな結婚にこだわるの。今までと同じようにしていればそれで十分幸せなのに。相手のことを全部知ってそれでもこの人と添い遂げられる自信なんて私にはまだない。もっと自由にふらふらしてたい」

完全なマリッジブルーだね、という言葉が耳に飛び込んできて石を投げられたように黒い海に波紋が広がる。

わかったような口を利かないで欲しい。

「だからなんでもかんでもマリッジブルーで片付けないで！」

勢いに任せて手のひらで机を叩《たた》いてから、とめどない後悔が押し寄せてきた。目の前で肩をびくっと震わせた深鈴の顔が引きつっている。我が子の頭をしっかりと抱き抱えるのは母親ゆえの防衛本能なんだろうか。腕の中の小さな子供は音も気にせず、安心しきった顔で寝息を立てていた。

呟《つぶや》くようにごめんと口にすると、煮え立っていた怒りは丸ごと後悔に押し流されていった。

「感情的になってごめん」

「いいよ。私も焚《た》き付けてごめん」

机の上に置いたままの手のひらがじんじんと痛んで脈打ち、別の生き物みたいに感じる。そこにそっと深鈴の手のひらが重なった。温もりは彼女だけでなく、彼女の息子の温かさも混ざっていて途端に熱いものがこみ上げてくる。

誰しも急には変われないのだ。彼女もそうだったはず。我が子の温かさに触れて、日々積み重ねるように変化しているのかもしれない。

葉さんといる時は自分をムリに飾らなくてよかったのだ。今の私を見てくれて、好意を寄せてくれた。無理をして誰かのための自分にならずに済んだ。

でも結婚したら今までの形が変わってしまうかもしれない。それが恐ろしい。周りから奥さんとしてあるべき姿を求められたら、はめられた足枷《あしかせ》によって私は水に沈み溺《おぼ》れてしまう気がする。

「私も結婚する前は悩んだよ。でもこれはゴールじゃないから。結婚したって子供を産んだって、それはまだ人生の中の出来事の一つでしかないよ」

小夜は考えすぎたりのめり込んだりしちゃうところがあるからと、深鈴が温かい手で私の手をゆっくりと撫でてくれる。その指には私の手にはない指輪がはめられている。

「あんたのことよくわかってるつもりだったけど、私、まだまだだったね」

そう言った深鈴は、やっぱり母の顔をしていた。

帰り道、一本だけ連絡を入れた。今日は申し訳ないけどバイトを休もう。そして葉さんに電話をかけた。

「もしもし」

電話の向こう側からオフィスの人たちの話し声が聞こえてくる。

「今大丈夫？」

「平気だよ」

「今日バイト行かなくて大丈夫になったって。意外と手が足りてるみたい。だから晩ご飯作るけど何が食べたい？」

問いかけに思案する低い声が漏れてくる。

「グラタン」

「かぼちゃの？」

「そう」

「葉さん好きだもんね、かぼちゃのグラタン」

小さな笑い声がして、電話越しに家で見せるやわらかな笑顔で頷《うなず》いている姿が目に浮かぶ。

「小夜のグラタン美味しいから」

「マカロニは少なめで、具材多めでしょ」

「よくわかってるね」

そう、よくわかってるのだ。お互いの食の好みに関しては。

「じゃあ、楽しみにして帰ってきてね。あ、帰ってくる前にも連絡頂戴ね。時間合わせて作るから」

わかったという弾んだ声の後に電話はあっけなく切れた。ツー、ツーという高い音が鼓膜を叩いている。あれ、と違和感が自分の中に残った。

スーパーに寄って足りない食材を買って帰らなくちゃ。今日は買い物するつもりじゃなかったからレジ袋を買わなくてはいけない。

かぼちゃに、ホワイトソース、あと鶏肉《とりにく》もなかったな。それ以外の食材はあった気がする。

人の家の冷蔵庫の中身を思い浮かべながら必要なものを探していく。

手のひらサイズの雛鳥《ひなどり》に似たキウイが、足を止めるほど強く甘く香っていて、食後に食べるように買っておこうとカゴに入れた。

普段通りにしているのに違和感はまだ残っている。腹の底がまたゆっくりと冷えていく感じがした。

その時、珍しい人からの着信があった。画面に表示された若葉《わかば》先輩の文字に、カゴを片手に立ち止まり通話ボタンをタップした。もしもしと電話に出ると向こうから久しぶりと返ってきた。元気にしてる？　ぼちぼちですとありきたりなやりとりを済ませると、少しだけ彼女の声のトーンが変わる。

「教授の助手だった琴吹《ことぶき》さん、覚えてる？」

「……ああ、琴吹さん。懐かしいですね」

「小夜ちゃんも知ってるかなとも思ったんだけど、琴吹さんが来年の頭に結婚するんだって。それで今、式の時に流すようにコメントを集めてるんだけど、協力してもらえないかな？」

　そうか、あの人も結婚するのか。

　レジに向かってゆっくりと歩きながら若葉先輩の言葉の続きを聞いた。

「小夜ちゃんも琴吹さんと仲良かったから声かけたいなって思って。学生もＯＧ、ＯＢも式には出ないからせめてもの気持ちで」

「若葉先輩あいかわらず優しいですね」

「みんなで盛り上がったんだけど、誰も幹事に手をあげなくてね」

　どうかな？　ともう一度問いかけられた。

「先輩のお願いなら断れないですよ。みんなそれをわかって手をあげなかったんじゃないですか？」

「そんなことないよー。でもありがとう。助かる！」

詳細はまた送るね、また今度お茶でも、と言って電話は切れた。

たどり着いたレジ前は夕方だからか主婦や子供が多く、私は一人きりで列の最後尾に並んだ。

あの人も結婚して誰かのものになるんだ。

子連れの主婦が私の後ろに並んだ。オセロみたいにここで独身から既婚者に否《いや》が応でもひっくり返ったら、私の気持ちは楽になるだろうか。

でも……彼の好きなものを熟知して、家の冷蔵庫の中身を把握して買い物をし、甲斐《かい》甲斐《がい》しく帰宅時間に合わせて食事を作る私は、既に妻みたいなものではないだろうか。気がつかないうちに私も積み重ねていたのか。深鈴と同じように。きっとあの琴吹さんでさえも。

深鈴は結婚はゴールじゃないと言っていた。少しだけ考える方向を変えれば私にだって受け入れられるかもしれない。彼は二人のためにと、一歩踏み込んでくれたのだ。誰にも取られないようにと。

彼が引き出しに仕舞ったままにした指輪をこっそりとはめた時、本当は嬉しさが込みあげてきた。答えの出せない私を信じて待ってくれていることが、彼なりの愛なのか。

何もはめられていない左手をちらりと見た。

まだ知らないことばかりだ。

あの指輪を改めて渡す時、葉さんはどんな顔をするだろう。私はどんな気持ちになるのだろう。こんなわがままな私に、彼はまだ知らない笑顔を見せてくれるかもしれない。

2．パンちゃん

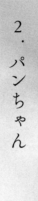

僕の職業は獣医師だ。父親のそのまた父親の家業を継いで、なんとなく敷かれたレールの上を走る感覚でその道を選んだ。

動物は好きだ。それが救いだと思う。犬の潤んだ黒い目を見ると注射を打つ時に申し訳なくなるが、ひんひんと鼻を鳴らして飼い主に訴えかけている姿を目にすると、飼い主との間にきちんと信頼関係があるとわかって安心する。

獣医師の仕事をざっと説明すると、診察をし、飼い主の相談にのる。あとは手術。様々な種類のものがあるけれど、去勢手術がわかりやすい例だろうか。最近は去勢をすることが当たり前になってきているので手術件数は多い。

犬や猫はおおよそ生後六ヶ月を過ぎると去勢手術と、避妊手術ができるようになる。全身麻酔をして、メスならば開腹して中のものを取り出す。オスであれば睾丸《こうがん》を取り去ってしまう。ペットだから受け入れられるけど、もしこれが人間だったとしたら……そう考えると僕はゾッとする。想像は根深く僕の心を疲弊させ、夢にまで見るほどだった。

大きな手術台に乗せられて、太陽よりもまばゆいライトが僕のことを照らしている。眩《まぶ》しくて目は開けられないのに、夢というのは不思議なものでそんな自分を俯瞰《ふかん》的に観察しているもう一人の自分がいる。

夢に見る空間は動物病院のオペ室だ。手術着を着た医師が「メス」と言って、わざとらしく、先の鋭いメスに光を当てる。ギラついた刃先が下半身にゆっくりと充てがわれていくのを、目が見えず、身動きも取れない僕が感覚的に察知し暴れようとする。それをもう一人の僕が斜め上の視点から見下ろしている。

麻酔もしていないのにやめてくれ！

手術台に寝転がった自分の焦った声が頭の中に響き渡る。けれど、どちらの僕もこの状況から逃れられる術《すべ》を持ってはいない。どちらの体も一ミリだって動かすことができないのだ。

メスの刃先がずぶりと、なんの抵抗もなく体に差し込まれるのと同時に、僕は激痛を感じ叫び声を上げて目を覚ます。

起きてすぐ、取り乱した状態で布団をめくりズボンの中に手を入れ、自分のものがあるべき場所に収まっているかを確認する。そんなことが獣医師になって最初の二年間は頻繁にあった。父親に相談しても、「自分はそんな夢を見なかった。お前は神経が細すぎる」と一蹴《いっしゅう》されて終わってしまう。

当然のように不眠に悩まされるようになった。眠ったらまたあの夢を見るかもしれない。そう考えたら布団に入るのも怖くなってしまった。そんな状態が三年目になり、どうにもならず参っていることを幼馴染《おさなな　じ》みに相談したところ、僕の悪夢は解消されることになったのだ。

「自分のものを切られる夢を見る、か」

「そんなことないってわかってるんだけど、特にオスの去勢をした日はかなりの確率で見ちゃうんだ。手術をしている時も、背筋《せすじ》がぞわぞわして落ち着かなくて、手元が狂うんじゃないかって不安でさ」

「大丈夫だよ石川《いしかわ》」

「それはわかってるんだよ。ありえないことなんだ。知らないうちに手術台に乗せられてる状況なんて、仮面《かめん》ライダーくらいだろ」

「人間の去勢手術は……あ、パイプカットのことだけど。それはほぼ無痛で行われてるらしいんだ。しかも動物と違って玉を取ることもないらしいよ」

「そうなのか？」

「まあ僕も聞きかじった知識だから正確ではないかもしれないけど、今行われているのって、精管っていう部分を皮膚から取り出して、そこだけを切除するんだって。しかも麻酔も針のないものだったり、クリーム麻酔だったりするからほぼ無痛なんじゃないかな。だからもしパイプカットされたとしても、痛くないし、ものは残る」

親友のどこで使うのかわからない知識に、平凡な想像力を働かせどうにか理解が追いついた。この男、こんなことをどこで聞きかじるのだろうか。少なくとも、牛丼屋でする話ではないのは確かだった。

「そうは言っても、相談をしてきたのは石川の方なんだからさ。話すシチュエーションに対する指摘をされても僕も困るよ。君の不安を取り除ければと思ったんだけど」

彼はほとんど真っ赤な牛丼をかき込み始めた。セルフサービスの紅生姜《べにしょうが》をこれでもかとのせているのだ。これでは牛丼というより、紅生姜丼に牛の甘辛煮を添えて、みたいになっている。

彼の雑多な知識のおかげで僕はこの日を境にメスで切られる悪夢から解放された。その点では親友の知識に感謝せざるを得ない。

その代わり、何件も去勢、避妊手術が重なった時にとても強い性欲に悩まされることになった。悪夢にうなされるわけではないし、自分でどうにか処理をしてやり過ごせば済むことだ。

しかし、どうしようもなく人肌が恋しくなる時がある。

動物の生殖機能を奪っておきながら、自分は子供を作る気なんてないのに生殖行動に励んでいるのはなんて滑稽《こっけい》なんだろうと思うけれど、欲望というのは風船と同じ。限界に達すると破裂するしかなくなる。破裂させたくなければ、空気を抜く以外にやり過ごす方法を僕は知らない。だからわき目も振らずに腰を振る。すると、自分の中で膨らんだ風船は破裂からどうにか逃れられるのだ。

ひとしきりの行為が終わり、僕と彼女はベッドに大の字になって一息ついた。静かなラブホテルの一室には僕らの上がった息の音が響き、お互いの汗の匂いが立ち込めている。窓を叩《たた》く雨の音が微《かす》かに聞こえる。気づかないうちに雨が降り出したようだ。

横をちらりと見れば、頬に短い髪の毛が張り付いた彼女がうっすらと笑みを浮かべていた。恍惚《こうこつ》の表情と捉えていいのだろうか。僕は丁寧に、張り付いた髪の毛を取ってあげた。薄茶色の毛は紛れもなく彼女のものだ。

「髪の毛？」

「うん、パンちゃんの」

「あっついね」

「結構動いたからね」

「雨だからかなあ、湿気がすごい」

だね、とヘッドボードにエアコンの除湿機能を探してみるけれど、見当たらなかった。しかたなくエアコンのつまみを強に合わせると、部屋の中にもう一つ低い駆動音が増える。

彼女は自分のことをボロボロのパンダみたいと揶揄《やゆ》する。だから二人でいる時はパンダって呼んでと言われた。あまりに変なあだ名だったから、親しみを込めてパンちゃんと呼んでいる。

「なんか動いた後って甘いものが食べたくなるねえ」と彼女は気怠《けだる》そうに言う。

「甘いもの？」

「ガトーショコラとかさ」

「うわ、口の中の水分全部持っていかれそう」

「だってエッチって体の全エネルギーを使うから、みっちり詰まったもの食べたら補われてる感じしない？」

「僕は食べるんだったらご飯の方がいいよ」

「ガトーショコラ食べたいなあ」

彼女は鼻歌を歌いながら下着を身につけてベッドからおり、コイルのゆるいソファの上にあぐらをかいて座った。手で顔を扇《あお》ぎながら、もう片方の手で、器用にペットボトルの蓋《ふた》を開け口をつける。

ウエストに少しついた肉は、体のラインをゆるやかに見せ、女性らしさを強く感じる。

「石川くんってさ、姿勢良くないよね」

彼女が僕のことをじっと見ながら言った。目の端に撥《は》ね上げるように引かれたアイラインが汗でよれている。

「もともと猫背だから」

「姿勢良くしたらもっと身長高く見えるんじゃない？　首もめっちゃ前に出てるしもったいないよ」

確かに僕の姿勢は良くない。子供の頃に目つきが悪いと言われて、それを気にして俯《うつむ》いて歩いていたからだ。首が前に出ていることについてはまた別の理由があるけれど。

「ほら、そこの壁に背中つけてさ、姿勢改善しようよ。肩だってこってるでしょ？」

彼女が急に飛びついてきて、僕の肩を優しくもんでくれた。

さっきまで体を寄せ合っていたのに、一度落ち着いてしまうとどうしてもドギマギしてしまう。彼女にそんな様子は全くなく、事後の方が元気だ。以前聞いたことがあるけれど、した後は生命力に満ち溢《あふ》れた気持ちになるそうだ。僕とは真逆。

本当はこのまま目をつぶってしまいたい気持ちを押しやって、僕は根っこの生えかけた腰をどうにかこうにか持ち上げて壁に背中をつけることに成功した。彼女はそんな僕のことをニコニコしながら眺めている。パンツ一枚の三十代の男の体をそんなまじまじと見つめないで欲しい。お腹《なか》のあたりに少し力を入れて無駄な抵抗をしてみた。

「頭もちゃんとつけてみて」

「こうかな」

「そうそう、頭と肩と腰とお尻、ふくらはぎ、かかとが壁についてるのが正しい姿勢のポジションね。石川くんは巻き肩だからもう少し頑張って肩を壁につけてみて」

グッと胸を張るように肩を広げてみると、普段使っていない筋肉が刺激されて数秒できつかった。背中の骨がみしりと体の内側で音を立てる。それと同時に意識を向けていたお腹の方が手薄になり、ポヨンと本来の状態に戻ってしまった。ああ、日頃から怠けていてはダメだ。

「怠けてると、体がそれでいいやーってなっちゃうからね。日々の意識って大事だよ。慢性的な肩こりも腰痛も、意外と姿勢を気をつけるだけでけろっと治っちゃうんだから。これ、豆知識ね」

「豆、なのかな」

「石川くんだけじゃないからさ、こういう姿勢の悪さって。みんな職業病ですって言うけど、それって気をつければ良くなるのにって私は思う」

チクリと胸が痛んだ。

「仕事もあるけど、もともと俯く癖があるからさ」

僕の言葉に構うことなく、彼女は急に顎《あご》を摑《つか》んでグイッと力を込めてきた。ひるみながらも必死で抵抗すると、なんで力入れるのと非難の言葉が返ってくる。

「石川くん顎が上がりすぎてる。顎もっと引かないと」

「いや、これ以上は引けないよ」

「そんなことないって。もっと顎引かないと正しい姿勢にならないから」

なおも彼女は僕の顎を押し込めようとしてくる。その手を取ってやんわり拒絶すると、嚙《か》みつくようにキスをされた。下唇に確実に彼女の歯がギリギリと食い込んでいる。中心に痛みを感じるのに、その周りの唇はふわふわと柔らかい。

彼女の肩を摑んで僕の体から引き剝《は》がすと、抗議の眼差《まなざ》しが痛いほどに注がれた。僕の唇の内側から血がじんわりと滲《にじ》んでいるというのに。この状況でこちらが非難されるのは、あまりにも不公平ではないだろうか。

「不公平じゃない。私は私の優しさを踏みにじられた気分。口の中も血の味がするし」

「あーあ、口内炎になっちゃうよ」

「罰に痛みはつきものでしょ」

「そんな躾《しつけ》みたいなこと言わないでよ。僕は犬じゃないんだから」

「でも好きでしょ。こういう扱い。私思うんだよね、男にも女にも躾って必要だって。

前に男の子にエリザベスカラーがつけられてる絵を見たの。私、妙に納得しちゃって。つけておくべき人っているよなーって。男も、女も」

「僕も、その一人？」

お互い様でしょ？　と含みを持たせた笑みを彼女は浮かべていた。クッと上がった口角の端まで綺麗《きれい》だった。

「石川くんは、私以外の人といる時は必要なんじゃない？　つけてあげようか」

「つける側の人間なのに？」

「人にエリザベスカラーをつけたら大変だよね。動物と違って顔の前を覆われちゃうから さ、ご飯も水も、何も口にできない」

「そうだね」

「でも、浮気がちな人にはもってこいのアイテムじゃない？」

初めて出会った時の彼女はさっぱりとした印象だった。色恋沙汰《ざた》の気配が薄くて、恋愛というワードとはほど遠いところにいたように思う。髪は今より長く、簡単に連れ去れるのではないかというくらい華奢《きやしや》だった。

今は随分人間らしさがある。少しふくよかになった、しなやかで柔らかな体は常に触れていたい。お互いを知るうちに表情も明るくなり、よく喋《しやべ》るようになった。僕はそんな風にたくさん喋ってくれる彼女との時間が好きなのだ。

僕が不眠に悩まされていたように、彼女もまた何か抱えているものがあったのだろう。本来の自分を縛り付ける鎖から解放されれば、自分を取り戻し、自由になれる。

ただ、本来の姿ってなんだろうかと、自分自身、今も自問自答中なのだけど。

日々淡々と獣医師の仕事を続けて、趣味といってもそう大したものはない。月に二、三冊本を読んで、知り合いと釣りをするくらいだ。生きがいがないと言ったら、周りからは動物を飼えばいいじゃないかと言われたけど、仕事で何十という動物たちと触れ合うのだ。家に帰って犬猫がいても、それがやすらぎにはならない。

獣医師になる前はグレートデーンを飼っていた。僕が三歳の頃に祖母がプレゼントしてくれた、メスのハナちゃん。散歩をしている途中に、曲がり切れずに転《こ》けたバイクの下敷きになってしまった。ハナちゃんは滑り込んできたバイクから母を守るための盾になったらしい。僕が高校から帰ってくると、箱の中に横たわったハナちゃんがいた。父は、できることは全てやったが、内臓の損傷が激しく老犬だった彼女には手術に耐えられる体力が残っていなかったと話してくれた。

兄妹のように一緒に育ってきたハナちゃんの死は、心に大きな傷を残したけれど、動かなくなってしまった彼女の姿を見て、僕はどんな動物でも助けられる獣医師になろうと決めたのだ。と言い切れたらいいんだけれど、獣医師になったのは他につきたい職も、やりたいこともなかったからだ。勉強だけ頑張って免許を取れば、僕の将来は約束されたようなものだった。ハナちゃんの死はきっかけの一つにはなったが、僕はただ流れに身をまかせるようにして獣医師になることを決めただけだ。

パンちゃんとは親友の紹介で知り合った。最初は三人で食事に行っていたが、だんだんと二人で会うようになり、それから先はラブホテルで体を重ねるようになった。

まさかこんな展開で女性と関係を持つことになるなんて、敷かれたレールの上を走ってきただけの僕には想像もし得ないことだった。人生は何があるかわからないと、振り返って思う。

彼女から誘われた時、僕の良心は人並みに痛んだ。小さなジミニー・クリケットが現れて、僕の向こう脛《ずね》あたりを傘で突《つつ》いて。

「君は本当にそれでいいのかい？」

そうしわがれた声で問われてピノキオになった気分だったが、僕は嘘《うそ》をついたからって鼻が伸びるわけでもないし、人間になりたいわけでもない。騙《だま》されてロバにもされないだろう。グリーンピースみたいな小さなコオロギのおじさんの言うことを聞く義理はどこにもないのだ。

「ねえ、やっぱり顎引いてる方が姿勢良く見えるよ」

ルームサービスで頼んだ乾いた冷凍ピザに齧《かじ》りつきながら、彼女は言う。何度見ても趣味のよろしくない古びたソファの上でまたあぐらをかいている。お行儀が良くないよと、Tシャツを彼女に投げるとそれはふんわり弧を描いてから、床にはらりと落ちた。イメージではソファの上に落ちるはずだったのだが、どうやら手元が狂ったらしい。

怒るかなと思ったが、彼女は口にピザの耳を咥《くわ》えてTシャツを拾った。しわくしゃになっちゃったと、同じようにくしゃくしゃの顔で笑っている。体は隅々まで綺麗なのに、意外と無頓着《むとんじゃく》なところが多いのが愛らしい。

「もしかしてさ、O型？」

「え、いまさらなんで？」

ピザの耳を咥えたまま彼女は自分のTシャツに袖《そで》を通している。

「たまにズボラなところが垣間見《かいまみ》えるから」

「医者のくせにO型はみんなズボラだって言いたいの？　それ本気？　ズボラじゃないO型にボコボコにされるよ」

僕は悪気があって言ったんじゃないんだけどなあ。困ったものだ。

「私はね、A型だよ。ズボラに見えてもA型。家だと意外とちゃんとしてるんだよ。掃除も毎日するし、ご飯も作るし。気分が良かったら玄関も磨いちゃう」

ちゃんとしているの最低ラインを並べられても僕は頷《うなず》きにくかった。現にピザを摑んだ手をTシャツで拭いているんだから。やれやれ、と彼女におしぼりを渡した。

「ありがとう。で、さっきの話なんだけど。やっぱり顎上げてると顔が大きく見えるよ。引いてる方が小顔効果あるから絶対引いた方がいい」

「……今日は僕に顎を引かせないと帰りたくないと言わんばかりの圧だね。僕はまださっきパンちゃんに噛まれた唇が痛いっていうのに」

「ピザ食べたら？　ご飯食べたらきっと治りが早くなるよ」

「この口が切れている状態で、トマトソースののった、硬くて冷えたピザを食べるなんて完全なる自滅だからやめとくよ」

「なーんだ」

で、どう？　やってみようよ、とパンちゃんはまた僕の体にするりと絡みついてきた。Tシャツから無防備に投げ出された脚にくらっとしたが、タイミングよく聞こえた雷の音で我に返る。

「もう、もうさ、正直に言うよ。僕は顎がないのがコンプレックスなんだ。だから顎を普通に引いちゃうと、顎がなくなっちゃう」

「え？」

「だから顎がないから、顎がなくなるの」

「いやいや、顎ちゃんとあるじゃん。ここに」

僕はまた顎を掴まれてしまった。掴むだけの顎はある。でも、普通の人に比べたら短い顎は、顎先から首までの奥行きが人に比べるとかなり短い。目つきが悪いのと同じように、僕の昔からのコンプレックスだ。親が言うには赤ん坊の頃、転んだ拍子に机の天板に顎を思いっきり打ち付けたらしい。それが原因かは謎だが、家族の中でも僕だけ顎が極端にない。

「君みたいに形のいい顎じゃないからさ」

「そう？　私は気になったことないけど」

だからお願い。一度だけちゃんと顎を引いて立ってみようと彼女が僕にせがんだ。一度だけ、一度だけ言うことを聞いたらこの顎論争から僕は解放してもらえるだろうか。

「解放するって。ね、だから一回だけ」

しょうがない。僕は心の中で白旗を揚げ、言う通り壁に背中をつけてゆっくり、ゆっくりと顎を引いた。彼女の視線は顎先に注がれている。まばたきもなくじっと見つめられ頭皮からブワッと汗が噴き出す感覚がした。自分の滑稽な姿を見られることがこんなにも居心地が悪いとは。

顎が彼女の言う正しい位置に置かれた時、彼女の口から出たのは戸惑いの声だった。

「なんで泣いてるの」

僕はゆっくりと顎を引きながら泣いていた。顎がないというコンプレックスに対する心の痛みを上手《うま》いこと処理できなかったのか、大の大人がポロポロと泣いてしまった。

「え……ごめん……そんなに嫌だったの？」

「嫌じゃないよ、僕が気にしすぎなんだと思う」

「私が無理強いしちゃったからだよね。ごめん。だから……泣かないで？」

パンちゃんの手が僕の涙を親指で丁寧に拭《ぬぐ》ってくれた。指先からはまだ少しピザのジャンクな匂いがした。

彼女が僕の決して細くはない腰に腕を回して体を寄せた。

「誰にだって言われたら嫌なことってあるもんね。無神経でごめん」

大丈夫だよと言いながらも、僕は歪《ゆが》んだ視界をどうしていいかわからず、彼女の頭に顔を埋《うず》めた。甘いシャンプーの香りがする。その匂いを存分に嗅《か》ごうと息を深く吸って、目をつぶろうとした時、僕の瞼《まぶた》が閉じるより先に目の前が真っ暗になった。

「停電、かな？」

彼女の腕が先ほどより強く僕の体に巻き付けられる。僕もそっと腕を回してみた。

「停電かもしれないね」

「……石川くん大丈夫？」

「僕のことはもういいよ。怒ってるわけじゃないから」

「でも……」

もう一度、雷の音がした。外は大雨が降っているようだ。雨音も先程より強くなっている。

「雷で停電しちゃったのかもね。パンちゃん大丈夫？」

「……うん」

どうしようかという僕の問いかけに彼女は答えなかった。代わりに僕の胸に顔を埋めて黙ってしまった。雷が怖いのだろうか。それとも大丈夫とは言っても暗いところがダメなのだろうか。どちらも苦手な女子もいるだろう。子供をあやすように背中を優しく叩いていると、胸のあたりがじんわりと熱と湿り気を帯びてきた。彼女の腕の力は強くなり、小さく震えている気がした。

「……泣いてない。大丈夫」

そう言われてしまった以上、彼女の体がどんなに震えていても、雨音に混ざって嗚咽《おえつ》が聞こえていても、僕は泣いてはいない女の子を抱きしめていることにしなくてはいけない。

「いつ灯《あか》りがつくだろうね」

ラブホテルにも懐中電灯はあるはずだが、どこにあるかはわからない。確か携帯電話をすぐそばの机の上に置いていたはずだ。でも机の上にはピザやらコーラの入ったグラスやらが置かれている。視界を塞《ふさ》がれたまま、万が一にも液体の入っているものをひっくり返してしまって携帯が水没なんてことになったらシャレにならない。こういう時は、大人しくしているのが一番だ。

彼女の小さな震えは変わらずに続いている。

「僕さ、子供の頃押入れが好きだったんだよね」

返事はない。パンちゃんがどうして泣いているのかはわからないけれど、何か話すことで気が紛れたらいいなと思い、僕は思い出話を始めた。

小学校に上がる前だっただろうか、僕はドラえもんに憧《あこが》れて、祖母が使っていた部屋の押入れによくこもっていた。遺品はすっかり片付けられていて、何も入っていない押入れに来客用の布団を持ち込んだ。他にも祖母が気に入っていたステンドグラスライト、お菓子、本、携帯ゲーム機。それらを持ち込んで、押入れを誰にも教えたくない僕だけの秘密基地にした。

延長コードを襖《ふすま》の外から引っ張ってライトにつないでいたから、完全に真っ暗ではなかったけど、少しだけ隙間《すきま》から差し込んでくる光も僕の幼心を弾ませてくれるものの一つだった。

祖母の使っていたライトは、僕が気に入って遺品の中からもらっていたもので、それを押入れの真っ暗な中でつけると、色とりどりの灯りが小さな空間に溢れておとぎ話の世界にいるみたいだったよ。最初はドラえもんに憧れたけど、それよりも随分リッチな空間だったと思う。布団は高級な羽毛布団だったしね。

る。だから夜も、暗いのも嫌い」

「今も？」

「話を聞いてたら少しましになった」

「そっか。それは良かった」

「うちも実家で猫飼ってるけど、私のこと家の中で捜しまわってて可愛《かわい》いよ。どこにいても見える場所で待ってるの。私ここにいるわよって感じで。いつでも撫《な》でてくれていいんだからねって。ゴロンってくつろぎながら」

「それは可愛いだろうね」

「うん、可愛い。私だけじゃなくて、家族にも、彼にもなんだけどね。誰にでもすぐ懐くの。だからたまに嫉妬《しっと》しちゃう。私にもっと懐いてよって」

彼にも。彼にも、だ。

忘れてしまいそうになるけど、彼女は僕の彼女ではない。

彼女には彼氏がいる。しかも彼は彼女と真剣に交際していることを僕は知っている。

「ソファに座ってる私たちの間に入ってきて、びろーんって寝てるの。それが無防備で可愛くて」

腕の中で僕のものではない彼女の肩が揺れた。

「それは良かった。懐いてくれるのは嬉しいからね」

「石川くんはもう動物飼わないの？」

「僕の場合は、病院にいる子たちの世話をしてるし、里親探しで預かってる子もいるから似たようなものだよ」

「そういう子たちも懐いてくれるの？」

「飼い主のように懐くまではなかなか難しいかもね」

僕らは動物たちの怪我《けが》や病気を治療して、元の家に帰してあげることが仕事なんだから。

「寂しくならないの？」

「そりゃあ寂しくなるよ。でも、怪我が治れば手元から離れていくのはしょうがないことだから」

「怪我か」

「君もそのうち僕に飽きていなくなっちゃうんだろうな」

「どうして？」

「だって僕たちは付き合ってるわけじゃないし。都合のいい関係でしょ。抱きたい時に抱いて、抱かれたい時に抱かれて。今日だってセックスしたいって思ったから君のこと呼んで、こうしてここにいるわけだし。お互いに開いた傷の応急処置をしてるようなものだよ」

「怒ってるの？」

「どうして僕が怒らなくちゃいけないの」

「それは知らないけど、私に当たらないでよ」

「当たってなんかない」

「でも怒ってる」

「君は僕にどうして欲しいわけ」

「どうして欲しいって、それは最初に話したでしょ」

「ああ、そうだったね。君の彼氏がセックスが下手くそで、どうしようもないから、僕と寝ようってことになった」

「そんな言い方しないでよ。確かにそういう理由もあってこういうことになったけど……」

「僕とするセックスが好きなだけでしょ。僕のことは好きじゃない」

「ねえ、困らせないでよ。怒らないで。最初からわかってたことだし、お互い承知の上でこういう関係になったんでしょ。私だけ責められても困るよ」

「求められるなら僕は喜んでするよ。僕も君とするの好きだから。でもする度に虚《むな》しくなるよ」

一瞬満たされたとしても、その後に空いた穴はあまりにも大きくて、何度経験しても戸惑ってしまう。どんなに手厚くしたって最後はあっけなくするりと僕の腕の中からいなくなる。寂しいのはこっちの方だ。

「好きなんだよ」

「だからその気持ちには応えられないって」

「体の相性だっていい。僕といて楽でしょ」

「それとこれは違う。私たちは合理的な関係でしょ。したい時にお互いする。セフレじゃん。もちろん石川くんのことは好きだよ。でもそれは友達としてだからだよ。勘違いしないで欲しい」

「じゃあ僕はどうしたらいいの」

「わがままを承知で言えば、このままの関係がいい。でも……」

「そうもいかない？」

「最近会う度にこの話になるから、流石《さすが》に私も疲れちゃうよ」

「僕も疲れた」

「……もう終わりかな」

「嫌だ」

「毎回子供みたいなこと言わないでよ」

僕は暗闇の中で彼女の顔を捜した。間違えて顔を傷つけないように恐る恐る。探った指先が頬に触れた時、彼女がひるんだのが伝わってきた。それを気にしないで、綺麗な顎に手をかけてからキスをした。いつも薄く開かれているはずの唇は今は固く閉ざされている。それを解《ほど》くように何度もキスをした。

好きと伝えても、体を何度重ねても、何度彼女の中で果てたって、このまま何も変わらないのだろうか。

彼女の唇が緩み、ふわりとした唇の間に自分の舌を滑り込ませると、やっと舌が絡み付いてきた。

いつもは目を開けたまま彼女がどんな顔でキスをしているのかを眺めているから、視覚的な情報のないキスは新鮮だった。舌にだけ意識が集中していく。合間に漏れる吐息。熱っぽい舌はお互いの動きに合わせて硬さや形を変えていく。

何度も何度も唇を重ねているうちに目の前が明るくなった。あまりの眩しさに目を開けていられず、瞼を閉じるその一瞬に、彼女の口の周りが涎《よだれ》で濡《ぬ》れているのが見えた。

「石川くん」

柔らかい声に導かれるように僕はうっすらと瞼を開いた。

僕の体にしがみつき、上目遣いでこちらを見上げる彼女はまるで猫のようだ。

「……またしたくなっちゃったの？」

キスを交わしているうちに、僕のものはまた大きくなっていた。

「仲直りをちゃんとしよう」

「したいんでしょ？」

僕はゆっくりと、紳士的に彼女をベッドに導いてあげた。丁寧にTシャツを脱がせて、あらわになった肌に首筋から丁寧に愛撫《あいぶ》をしていく。彼女はまんざらでもないといった風に体をよじるので、体を支えてあげながらベッドに横たわらせた。

「綺麗だよね、本当に」

「そんなことないでしょ」

ブラジャーとパンツの間にある縦長のへそにキスをする。穴に舌を滑り込ませると、彼女は僕の頭を押さえつけてくすぐったいと言う。それでも僕はやめない。へそからまっすぐ下に向かって舌を這《は》わせていく。下腹部を覆うパンツに唇が当たったところで、僕は顔を上げて彼女のことをじっと見つめた。

「続けないの？」

「続ける前に一つ言っておこうと思って」

「なあに？」

彼女の下腹部を撫でた。間接照明に照らされて、ナメクジが這っていったように僕の唾液《だえき》のあとが光った。

「僕、自分が去勢される夢を見てたんだ」

「何それ、怖い」

「そう、怖いんだよ。すごく痛くて、怖くて、叫びながら目が覚めるんだ。動物の去勢や避妊手術をした日はかなりの確率で見てた。今はもう大丈夫になったんだけどね」

彼女はそれは良かったねと、僕の頬をあやすように撫でてくれた。

相変わらず彼女の下腹部はぬらりと光っている。僕はそこにそっと指を置き力を込めていく。

「でも今度は手術をした日は妙に性欲が強くなるようになったんだ」

柔らかい皮膚に指先が沈んでいく。

彼女の視線は僕ではなく、下腹部に置かれた指に移っている。僕を見て、と言うと戸惑いを浮かべた瞳がこちらを捉えた。

「君が彼氏以外の人と寝てることや、いろんな繫がりを持っていることを責めはしないけど、やっぱり僕だけのものでいて欲しいと思っちゃうんだ。グリム童話に青髯《あおひげ》の話があるんだけど知ってる？　知らないよね。青髯は奥さんの下半身に貞操帯っていうものをつけるんだ。下には刃がついていて、男が入れようとすると自分のものがズタズタになるっていう、酷《ひど》いものなんだけど。僕は君が好きだから、そんなものが今もあればつけておきたいくらい」

話を聞いているのかいないのか、パンちゃんは痛いと喚《わめ》き出した。馬乗りになったまま、もう片方の手で彼女の口を塞いだ。

「静かに聞いて」

彼女は頭をガクガクさせて頷いた。いいこだ。

「じゃあ、どうしたらいいだろうと考える。人間の男にも極たまに去勢をする人がいる。パイプカットっていうんだけどね。女性はどうだろうか。病気でそうせざるを得ない人っているると思うけど、まあそれは今はおいておこう。論点がズレるからね。僕は最中《さいちゅう》にいつも、君のお腹を開いたらどうなるだろうかって考えてるんだ。ここをね」

そう言ってグッと下腹部に置いた手に力を込めると、彼女は躾《しつ》けられている犬のようにキャンと鳴いた。その反動で塞いでいた手が外れ、続けて最低と罵《ののし》られた。信じられないと、唾《つば》を飛ばされた。

「本当にはしないよ。考えてるってだけ」

「ただの変態」

「それはお互いさまだろ」

「何が」

「君だって、彼氏の親友と寝てるんだから。それもなかなかなもんだよ。僕が言ったらどうするの」

「石川くんにはそんなことできないでしょ」

「わからないでしょ。せがまれてどうしようもなかったって言ったら、あいつはどっちを信じるだろう」

「私の話を信じてくれるに決まってる」

「本当に？　関係を持ってる人が他にもいることを、あいつは知ってるの？」

「知ってたとしても、体の関係はないから、やましいことじゃないし」

「でもいい気分にはならないだろうね」

彼女はしばらく黙り込んだ。髪の毛が垂れ下がり表情を隠している。返す言葉がないのだろうか。

「なんでもかんでも僕に話しちゃったのが間違いだったね」

「……なんでそんなこと言うの」

彼女に握られたシーツのシワがじわじわと深くなっていくのを僕は感情なく見つめていた。心の中にいる天使も悪魔もどこかへ姿を消してしまったみたいだった。自分の体が妙に軽くてあの押入れの中にいるみたいに心地よい気分だ。

「石川くんのこと、なんでも話せる友達だと思ってたのに」

「友達と体の関係を持ったらダメってことだよね。でも、僕は君が何をしてたって好きだよ。だからさ、僕のとこにいてよ」

「……なんでも知ってるつもりかもしれないけど、石川くんが知らないことだって腐るほどあるよ。自分の中の理想を作り上げて適当なこと言わないでよ」

そう吐き捨てると、さっき僕が丁寧に脱がせたTシャツと、床に落ちていたデニムのスカートを身につけ、バッグをひっつかんで部屋を出て行こうとした。

「帰っちゃうの？」

彼女の歩みが止まった。

「…………」

「ねえ、僕が悪かったよ！　酷いこと言ってごめんって」

「…………」

「機嫌直してよ！」

「……私もいろんな男に会ってきたけど、やっぱりみんな同じだね。体だけいっちょ前に大人になっちゃってさ、精神が伴ってないと痛いだけだよ……私も馬鹿だった」

「…………」

「でもね、石川くんは一番になったから。喜んで」

「一番？」

「一番嫌いな男」

そう言って僕の一番好きな女性は、笑顔で中指を立てていなくなった。部屋の中には彼女のシャンプーの匂いがまだ残っている。

彼女の細い中指には綺麗なマニキュアが塗られていた。男性受けしそうな薄いピンク色のマニキュア。爪の形も丁寧に整えられていて、ささくれなんてない。綺麗な指先で侮辱されて、僕は心の底から思った。

ありがとう。

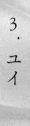

3. ユイ

「今日はどこに行きます？」

ひとまわり以上年の離れた女の子が私の顔を覗《のぞ》き込みながら聞いてくる。
▽どこか行きたいお店がある？
お店予約しておいたよ
お腹《なか》の空《す》き具合はどう？
三つのワードが頭の中に浮かぶ。白い線がスーッとのびて頭に浮かんだ言葉を囲む様子は、まるでゲーム画面のテキスト欄だ。ご丁寧にワードの横にはカーソルがチカチカと点滅している。その画面が登場すると、私は頭の中でそっとコントローラーを手に取り、目には見えない十字キーを操作する。
「お腹の空き具合はどう？」

「ダイエットしてるから、軽めに食べられるところだと嬉《うれ》しいかも」

「じゃあ今日は軽めのお店に行こうか」

彼女はやったーとはしゃいで見せて、ごく自然に私の腕に自分の腕を絡めてくる。テキストが脳内の画面上で進んでいく。どうやら私の選択は間違いではなかったようだ。正解であれば、物語は良い方向へ向かう。

この女の子はカオリちゃん。おそらく偽名だ。傍《はた》から見れば私たちは年の差カップルに見えるだろう。しかし、私と彼女は恋人ではない。パパとパパ活女子という関係性だ。こうして夜の新宿《しんじゅく》の街を若い女の子と腕を組んで歩けるのは、私たちがお金で繋《つな》がった関係だから。

カオリちゃんは典型的なパパ活女子。二十代前半。学生。メイクはピンク系で濃い。まばたきする度に瞼《まぶた》にのせたラメがこぼれ落ちそうだ。もっと薄いメイクの方が彼女の素材は生きるだろうに、どうして自分の顔を塗りたくって別のものに変えようとするのか。涙袋の下にひかれた線も、写真では可愛く写るのかもしれないが、初めて見るとギョッとする。私と彼女の目に映る実像は違うのかもしれない。カオリちゃんは大きすぎる瞳でいつも上目遣いに顔を覗き込んでくる。その度にカラコンがわずかにズレる。ズレている時、彼女の視界はどうなっているのか気になって、私は気もそぞろになってしまう。

持ち歩くカバンはいつもブランドもので、ステータスとお金に敏感。こういう子はパパも多い。彼女は私のアパレル会社の社長という肩書きが好きなのだ。

今日は早めの待ち合わせだから、食事の後に伊勢丹《いせたん》に行きたいと言われるだろう。そろそろ季節の変わり目なので、新しいコスメが出ているはずだ。彼女はいつもそれをねだる。もういくつコスメを買い与えただろう。顔は一つ、瞼は二つ、唇は一つなのに、どうして女の子は顔を飾るものをあんなに欲しがるのだろうか。男にはわからないことが多すぎる。

かすかにジャズが流れる店内で、わずかな明かりの下、顔を寄せ合いメニューを眺める。彼女はカプレーゼや、野菜のマリネ、サラダなど本当に軽いものしか食べたいと言わない。この店のメニューはワインに合わせるようなアペタイザーが主だ。

カオリちゃんがダイエットだ、軽いものがいいと言う時は前後にもう一件予定が入っている時と決まっている。パパと会う時は基本的に食事をすることが多い。一日に晩ご飯を二度も食べるのは男だって辛いと感じるわけで。私はそのことに気がついてからは、女の子の言う通りの店を選ぶいいパパに徹している。

おそらく彼女のこの後の予定はこうだ。伊勢丹に行き、私にコスメを買わせる。その後にもう一件別のパパが待っている。今は十七時。食事は一時間半もかからないだろう。コスメを買って別れるのが十九時半と想定すると、二十時から新宿で約束を入れていても余裕で間に合うはずだ。

メニューから顔を上げる。相変わらずカオリちゃんの周りにはゲーム画面の白い枠が浮かんでいる。私の言葉を待つように、画面が固まっているようだった。

「今日は随分早めの約束だったけど」

「ご飯の後に買い物行こうかなって思って」

やはり思った通りだ。

「何か欲しいものがあるんだ」

この何か欲しいものがあるんだ、という言葉には決して「買ってあげようか」というニュアンスは含めない。世間話を延長させ、相手に買ってもらえるかもしれない期待を残しておくことが大切だ。

「新作のコスメが出たから、それを見に行こうかなって思って」

「どこまで？」

「伊勢丹」

「ここから割と近いからちょうどいいね」

会話は脳内の○ボタンを押せば勝手に進んでいく。私はこの会話を何周も繰り返しているような気さえする。

「星野《ほしの》さんは、この後時間あるのー？」

女の子に質問を投げかけられた時、目の前の画面が切り替わる。選択肢はいつも三つと決まっていて、私はその中から正解と思われるものを選ぶ。

▽ごめん、今日は忙しいんだ
　時間はあるよ
　一緒に行こうか

　この三つのワードが頭に浮かぶ。一緒に行こうと言えば彼女は素直に喜ぶだろう。でも、時には遠回りも必要だ。特にこういう物欲を満たすためにパパ活をしている典型的な女の子は、甘い蜜《みつ》ばかりを吸わせるとつけ上がるところがある。蜜を吸い尽くしたミツバチは、他の花へ移って行ってしまう。しかし、カオリちゃんの攻略はもう時間の問題だ。

　さらに数手先まで読み、「時間はあるよ」を選択することにした。すると彼女は上目遣いに首を傾け、甘い声を出し「ついてきて欲しいな」とせがんだ。またカラコンがズレる。

「コスメカウンターにおじさんがいたら浮いちゃうでしょ」

「いつもそんなことないよ。星野さんまだまだ若いもん」

そう言いながら、カオリちゃんはテーブルに置いた腕を持ち上げて、上目遣いで両方の手を組んで笑った。またカラコンがズレる。これは彼女の癖だ。頼みごとがある時、彼女は決まってこの仕草をする。

食事を終えた私たちは、食後の散歩がてら伊勢丹まで足を運んだ。カオリちゃんは食事の最中も私にあれこれ化粧品の画像を見せながら、あれも可愛《かわい》い、これも可愛いと話していた。どれも可愛いから、一つに絞るのが大変だと。

「そんなにコスメを持ってても使わないのもあるんじゃないの?」と聞くと、「男の人がカフスボタンを集めたり、ネクタイでお洒落《しやれ》するのと同じじゃない」と返された。そう言うのだったら、私にもプレゼントをして欲しいものだ。

化粧品売り場は照明が強く、フロア全体が白光りしている。強く当てられた光は肌の粗を隠すと言うが、売り場独特のこの明るさは私にとっては目くらましのように感じられ、思わず目を細めてしまう。

彼女は私の腕を引いて、迷うことなくJILL STUARTに入った。ケースの一つ一つに凝った装飾がされていて、宝石箱のようだ。いかにも女の子が好きそうなデコラティブなデザインといったところ。ピンクを基調としたお城の中の一室を模した店内では私のような男性は肩身がせまい。

先ほど見せられたコスメは、店の一番目立つところにうやうやしく飾られていた。私の存在を忘れたように、カオリちゃんは新作のグロスを手に取り、テスターを手の甲に一色ずつのせていく行為に夢中になっている。あっという間に彼女の手は色とりどりの艶《あで》やかな色に染まった。化粧品売り場で行われるこの行為を何度見ただろう。私も知らず知らずのうちに化粧品に詳しくなっていく。

「今の口紅は赤やピンクだけじゃなくて、いろんな色があるんだね」

手を後ろに組んで、関心が薄く見えるように口にした。

「そうだよ。これは普通のリップに重ねると青みがかった色に変わるし、緑とか紫とか、こんな色が？　って思っちゃうようなものも、重ねたり混ぜたりすると可愛いの。だから迷っちゃう」

先日別の子にプレゼントを買いに行った時、今彼女が言っているそっくりそのままの言葉を美容部員さんが口にしていた。

どっちが似合うかなと悩むカオリちゃんの手には、みずみずしい薔薇《ばら》の色のグロスと、星屑《ほしくず》みたいなラメがたくさん入った苺《いちご》ミルク色のグロスが握られていた。どっち、と言いながらも右手に握られている薔薇色のグロスの方が彼女の体の近くに置かれている。ということは、一番欲しいのはこの色なのだろう。今回は選択するまでもなく、私の頭の中でテキストが流れていく。

「右手の深い赤の方がよく似合うと思うよ」

「やっぱり？　この色見た目は濃いのに透明感があって可愛いよね。じゃあ、これにしよっと」

彼女はテスターを置いて、商品の箱を手に取ろうとする。

「でも、両方欲しいんでしょ。どっちもプレゼントしてあげるよ」

そんなの申し訳ないよとカオリちゃんは口にした。その声のトーンはいつもの甲高《かんだか》いものよりずっと落ち着いていて、彼女の心からの言葉のように感じた。

「今日も楽しかったから、そのお礼」

その一言に、彼女は欲しかったグロスをじっと見つめる。

「じゃあ……甘えちゃおうかな。でも本当に一つで大丈夫」

正解がわかりやすい女の子は楽だ。一時期、水商売の女の子たちにはまったこともあった。彼女たちはお金を積んだら積んだだけ喜んでくれるが、ゲーム性が少ない。もちろんパパ活をしている女の子たちも、わかりやすくお金や、プレゼントに弱い。水商売と違うのは、お店を選んだり、会う約束を取り付けたり、そのあたりが恋愛シミュレーションゲームに似ているところだ。同伴やアフターとはまた違う、生活により近い生々しさがいいのだ。しかし、私は決して彼女たちと付き合いたいわけではない。彼女たちにはわかりやすい感情のボタンがある。まるでリモコンのように、喜怒哀楽と書かれたボタンだ。私は選択肢の中から、正解のボタンを押すのが楽しいだけだ。思い通りに女の子と会話をし、ゲームをエンディングへと進めて行く。

そして今日、また一つエンディングを迎えることになった。

小さな化粧品の紙袋をぶら下げて、新宿のネオンの中を、カオリちゃんはスカートをふわりと翻しながら歩いている。時折こちらを振り返る姿がなんだか単館映画のワンシーンのようだ。

別れ際、いつものように胸ポケットから三万円の入ったマイメロディのポチ袋を取り出す。

「今日も楽しかったよ」

とお手当てを渡そうとすると、差し出した手を押し戻された。

「大丈夫」

カオリちゃんはさっき買ったばかりの化粧品の紙袋で顔を隠しながら、ご飯もご馳走《ちそう》になったし、これも買ってもらったからと、小さな声で言う。駅前の喧騒《けんそう》にかき消されそうで聞き返すと、

「私も楽しかったから、お金は大丈夫」

小さな紙袋を少し掲げてみせてから、ありがとうとお礼の言葉を述べ、カオリちゃんは小走りで駅の方へ向かった。その後ろ姿が人混みの中に紛れていく。私は小さくガッ

ツポーズをした。

パパ活における私のゴールは、お金はいらないと言われることだ。金銭だけで繋がっていた関係を、女の子側から変えようとする。その瞬間が最高のエンディングになるのだ。

私は幼い頃から女の人というものに苦手意識があった。繊細で、丁寧に扱わなければいけないが、かといって丁寧すぎると回りくどいと叱《しか》られる。

中学生の頃、恋愛シミュレーションゲームに出会った。

ゲームの舞台は大抵学校だ。クラスのマドンナ、スポーツ万能女子、控えめな文芸女子、多種多様な女の子たちと学園生活を楽しみながら恋愛をする、ただそれだけなのだが、当時の私にとっては画期的なゲームであることは間違いなかった。

目当ての女の子のもとへ足しげく通い、親愛度を高めていく。最初は定型文のテキストばかりだが、条件をいくつか満たしていくと選択肢が現れ、選んだものによって彼女の親愛度が変わっていく。選択肢は必ず三つ。親愛度が上がるもの、変わらないもの、下がるものに分かれているので慎重に選ばなくてはならない。

例えば一緒に教室でお弁当を食べないかと誘われた時、

▽いいよ
ごめん
もっといい場所がある

こういう三つの選択肢が出てくる。好きな女の子とご飯を食べたい私は、いいよを選択するが、キャラクターによってそれが正解の時とそうでない時がある。相手に引っ張って欲しいキャラクターであれば、彼女の誘いにそのまま乗るのはNGだし、ごめんと言ってあえて一回距離を取ることが必要なキャラクターもいる。

私はそれぞれの個性に夢中になり、ゲームにのめり込んでいった。やればやるほど、女の子各々に特徴があり、それを熟知すれば必ずエンディングまで持ち込みクリアできることを知った。そして、これはリアルにも応用できるのではないかと思ったのだ。

高校に進学するまでの間、当時発売されていたありとあらゆる恋愛シミュレーションゲームをプレイし、私は頭の中で恋愛マスターになったつもりでいた。しかし、現実では、クラスメイトと会話することすらままならない状態を、なかなか変えることができなかった。

高校一年の時、柴田美咲《しばたみさき》という、風にさらさらとなびく黒髪を持ったクラスメイトに夢中になった。私の初恋だった。ゲームの中から出てきたような圧倒的ヒロイン要素を持った子で、大きな黒の瞳と、笑った時の笑窪《えくぼ》が誰よりも愛らしかった。入学式で出会った時、ゲームで培ったスキルを今発揮せず、いつ発揮するのだと奮い立った私は、今までのダメな自分を打破するべく、彼女と向き合うことを決めた。ゲームの中での自分は百戦錬磨なのだ。現実でだって上手《うま》くできる、と意気込んだが、いざ話しかけようとしても、頭の中で会話のきっかけを考えているうちに、彼女は私の前を通り過ぎていく。

現実とゲームは違った。ゲームでは女の子たちは話しかけてきてくれるし、テキストが決まっている。主人公である私がきっかけを考えずとも、プログラムが勝手に話し出してくれるのだ。

日々のリサーチにより、柴田美咲は教室ではなく学食で昼食を取ることを知った。好物は日替わりメニューのナポリタン。私はナポリタンが出る日に照準を合わせ、彼女に話しかける機会をうかがった。

そしてやってきたその日。私は学食に友人と共に入ってきた柴田美咲に「食べた？」と声をかけたのだ。

クラスメイトではあるがほとんど会話をしたことがなかった私たちの時間は一瞬止まった。それは恋が始まる時の止まり方ではなく、話が通じていない思考のタイムラグだった。

「何が？」

そう一言返した彼女の目は、不審人物を見るようだった。

「え、あ、あの、ご飯」

「これから食べるところ」

「そう」

それだけの会話で終わってしまう。柴田美咲は友達と小さく笑いながら学食のカウンターへ並びに行ってしまった。

ゲームであれば、ボタンを押せば会話は進んでいくのに、その時の私の手にはボタンのついたコントローラーはなかった。

家に帰り、自分の会話の反省点を洗い出した。まず、目的語がなかったことが問題だった。私の中では彼女が食事をするのは決まりきったことだったので、全てを飛ばし、食べたかどうかを聞いてしまったのだ。しかもよくよく考えれば、昼休みが始まったばかりの時間に学食に入ってきた彼女に話しかけていたわけで、どう考えてもまだ食べているはずがなかったのだ。

ゲームの選択肢の間違いを訂正するように、私は今回の反省点についてノートに書き記していく。

次のチャンスに備えて、一度目の間違いを繰り返さないように私は万全の準備をした。天気の話から広がる話題を書き起こし、イエス、ノーで分岐する受け答えを、ピラミッド構造のプログラムとして組み立てた。それを頭の中にインプットし、翌週、柴田美咲に話しかけた。

「今日は晴れてるね」

「そうだね」

彼女は戸惑いながらも受け答えをしてくれた。

「天気はどんな日が好き？」

「晴れてる日」

「僕も。雨の日はやっぱり嫌い？」

「ええ、まあ」

「僕もだよ。雨の匂いは？」

そこまで聞くと彼女は不審な顔をして、これはなんの質問なの？　と聞いてきた。

「質問？　僕はただ話をしたいと思って」

「なんか……ちょっと怖い」

彼女は小走りに私から遠ざかっていった。その小さくなる背中を見送りながらもなぜか私は諦《あきら》めていなかった。その時も頭の中では今回のミスはなんだったのかを分析していたのだ。

この分析は四十五になった今も続けている。会った女の子たちのプロフィールから趣味嗜好《しこう》までを必ずデータベース化する。今日会ったカオリちゃんも、彼女とどこで待ち合わせをし、何を頼み、彼女は何から手をつけたのか、メモしておく。ちなみにカオリちゃんは好きなものから食べるタイプの人間であった。

私は自宅のデスクの上に置いたボイスレコーダーを止める。今日の会話の要点を書き起こしておくのだ。カオリちゃんに対する評価、今回の反省点、親愛度はどの程度かのグラフ化。彼女に対するこの作業ももう最後になるのかと思うと感慨深く、私は思い出の一つ一つを最初から見返した。まるでゲームのスチルギャラリーを眺めているような気持ちになり、達成感が増してくる。

最後に『カオリ』というファイル名の前に「済」の文字を付け加え、攻略済みフォルダの中にほうりこんだ。もう彼女には自分から連絡をしない。

私には今、新たに攻略しようとしている女の子がいる。彼女のフォルダの中にはアプリに登録されていた画質の粗い写真が一枚。実際は大学生だが、垢抜《あかぬ》けない印象が彼女を高校生くらいに見せている。

彼女の名前はユイちゃん。おそらく偽名だろう。彼女は学費のためにパパ活を始めたというが、初めて会った時の彼女はどこかズレていた。彼女の感情のボタンを探そうとしても、他の子たちとは違うのか、想定とは違う反応が返ってくることが多い。嚙《か》み合わないのだ。

パパ活では、初めて会う時のことを顔合わせという。この顔合わせの時に、大体のお手当ての金額を決めることが多い。私の中では、基本的には一万円から三万円。場合によっては上乗せもありで、交通費、食事代はこちらで負担する。そして、大人の関係はなしと決めている。

二週間前の顔合わせの日、彼女は待ち合わせの喫茶店に三十分前に着いていた。もう到着していますと連絡をもらい、私は大慌てで行ったので、三月だというのにスーツの中のシャツが汗ばんでしまった。ネクタイを少しだけ緩めて、胸元に風を送ると汗の匂いが少し気になった。

おそらくユイちゃんであろう女の子の前まで店員に誘導されると、彼女は背中を丸め机に覆いかぶさるようにして何かを書いていた。

ポケットの中のボイスレコーダーをオンにして、初めましてと声をかけると小さな背中は控えめな悲鳴を上げて手元にある紙をさっと隠した。

「初めまして、星野です。待たせてしまって申し訳ない」

「いえ、私が早く来ただけなんで」

机の下で何かを閉じながら、彼女は言った。

「ユイちゃん、で合ってるかな？」

「はい、そうです」

「よかった。失礼するね」

　私は向かいの席に腰を下ろし、とりあえずアイスコーヒーをオーダーした。早足で歩いてきたからだろうか、足裏からふくらはぎにかけて、じんとした熱を感じる。同世代より若い自負はあるが、四十五になった自分の体を過信していると痛い目を見そうだなと、机の下で足首を回しこっそりクールダウンをした。

　一息つきながら私は額に浮かんできた汗をハンカチで拭《ぬぐ》って、ユイちゃんのことを失礼にならない程度にじっくりと観察した。マッチングアプリに載っていた写真同様、目の前に座っている女の子には他のパパ活女子のような着飾った華やかさはない。最近のプロフィール写真は加工がかなりきついが、彼女はそういったものは使わずにスマホの標準カメラで撮ったものをそのまま載せていた。シンプルなベージュトーンのワンピースに身を包んだ彼女は写真よりはいくらかふっくらしたように見えたが、それでも一般的に見ればかなり細身の部類に入る。袖から覗く手首が骨張って、華奢《きゃしゃ》な肩にかかる髪は外側に向かってくるんと綺麗《きれい》に弧を描いていた。

　恋愛シミュレーションゲームでも内気そうな子はいる。キャラクターの分類をすると、彼女はそのタイプになるだろう。なかなか心を開かないキャラクターが自分にだけ笑いかけてくれた時は、一つ山を登り切ったような達成感を覚えることを思い出し、目の前のユイちゃんに対して私は俄然《がぜん》やる気が出た。

「今は大学生？」

「そうです」

「何年生なの？」

「次で三年です」

「アプリを見た感じだと始めたばかりだよね」

「そんなところです」

「学費のためにパパ活？」

「はい」

返事だけでこの会話はあっさりと終わってしまった。学校のことを詳しく私に話すつもりはないようだった。がめつい子であればここで身の上話を始めるが彼女は違うようだ。出会ったばかりの男にそう簡単に自分の身の回りのことは喋《しゃべ》らないタイプかと納得し、これもデータとしてきちんと覚えておく。

それにしてもこの子はパパ活をするにしては、愛想が足りないのではないだろうか。どこか諦めの色が見える。

「ユイちゃんは何をするのが好き？　趣味とかあるかな？」

俯《うつむ》いてコップの水滴でできた水たまりをじっと見つめながら、彼女はゆっくり首を傾けた。

「美術館に行くのが、好きです」

おしぼりでテーブルの水たまりを拭き取り、彼女は言った。

美術館が好きとは若い子にしてはまた珍しい趣味だと思ったが、最近の子たちの間ではそういった時間の使い方もおしゃれとされるのだろう。

私も美術は好きだった。絵画の色使いやモチーフは仕事のインスピレーションをもらうのに持ってこいだと思っている。

「私も美術館は好きだよ。ユイちゃんは絵画が好き？　それとも彫刻かな？」

「なんでも好きです。絵も、彫刻も、造形物も」

注文した飲み物がきて、ユイちゃんは丁寧にゆっくりと時間をかけて一口目を口にした。じっと見ていると、猫舌なんですと言って、ティーカップに息を吹きかけた。私はカラカラと氷を鳴らしながらアイスコーヒーを飲む。

ふと彼女の椅子《いす》にかかっているトートバッグが目についた。

「それ、ブリューゲルの？」

彼女はちらっとカバンの方を見やると、こちらに向き直り、初めてしっかりと目が合った。

「ブリューゲル、好きなんですか？」

初めての質問が彼女から投げられ、途端に目の前の景色がゲーム画面になっていく。

白枠が彼女の周りを囲んでいくと、私は安心した。まだルートに入れてはいないが、どうやらきっかけは摑《つか》んだらしい。このまま波に乗れば最初のフラグは立てられるだろう。

頭の中でそっとコントローラーを手にすると、三つの選択肢が表示され、見慣れたカーソルがチカチカと点滅した。

▽私も好きだよ
そんなに詳しくはなくて
嫌いだ

序盤によくある趣味を問う質問は、人間関係において相手との相性に大きく関わってくる。ここで嫌いと答えてしまえば、私は彼女の中でブリューゲルが嫌いな人間として大きくバッテンがつくだろう。

詳しいわけではないがこの時の展覧会に足を運んでいたので、ユイちゃんが持っているトートバッグに見覚えがあった。無理をして好きだと言うと知識量の差が露呈して余計に嫌われるかもしれない。

彼女がブリューゲルが好きだということは、私の返事を待っている目の真剣さが物語っている。もしかしたら同志かもしれない、そんな期待のこもった視線だ。

がっかりされるかもしれないと思ったが、私は勇気を持って選択をした。

「そんなに詳しくはなくて」

しかし、目の前でユイちゃんは嬉しそうに笑った。その笑顔は知識のない者を馬鹿にするものではなく、温かく優しいものだった。

「でも、このトートバッグがわかるってことは、展覧会に行かれたんですよね」

「仕事の勉強も兼ねてね」

「やっぱり。美術は知識なんかなくてもいいんです。そりゃあ知っていたら面白いことは増えますけど、まずは何を自分が感じるか、何を考えるかが大切だと思うんです」

それに、私もそこまでですから、と彼女は付け加えた。

「よかった。詳しくないと言ったらがっかりされるかと思ったよ」

「わかったふりされるより全然。美術館に行く必要のある仕事ってなんですか？」

「私はアパレル関係の仕事をしていてね。最近は大手ブランドとのコラボも増えているから、社長として少しでもアイディアを出せるように、デザインやモチーフの勉強も兼ねているんだよ」

そこから彼女はスマホを取り出し、展覧会で飾られていた絵を検索して見せてくれた。

ブリューゲルは一人ではなく、多くの画家を生んだ一族の姓であることは知っていたが、その一人一人を私は詳しくは知らず、ユイちゃんは丁寧に特徴を教えてくれた。

「ブリューゲルは一族で画家なんです。次男にあたるヤン・ブリューゲルは、花のブリューゲルって呼ばれてます」

チューリップだっただろうか、大きく印象的に描かれた花の絵が思い出された。開きかけた花に喰《く》われてしまうのではないかと、私は年甲斐《としがい》もなく絵の前で不安になったのだった。彼の絵は暗い背景から色鮮やかな花が浮かび上がってくるようだが、反面その美しさによって闇に引きずり込まれそうでもある。

「ユイちゃんは花の絵の方が好きなのかな？」

不意に彼女の表情が曇り、短く否定された。

「私は長男のピーテル・ブリューゲルの方が。地獄のブリューゲルって呼ばれてるんです」

「地獄」

「彼の絵はとても細かくて、まるで『ウォーリーをさがせ！』みたいな遊びがそこかしこにあるんです。モチーフも風変わりで、脚の生えた魚の口から人間がドバドバ出てきたりします。たぶん、星野さんも観たんじゃないですかね」

ユイちゃんは親指と人差し指をこすり合わせ、小さくため息をついた。先ほど縮まった距離は突然、引き離されたように感じた。

「他に観に行った美術展はあるのかな？」

「あー。そうですね、最近だとクリスチャン・ボルタンスキー」

美術の話であれば彼女は口を開いてくれるようだ。

偶然にも、私はその展示にも行っていた。これは趣味ではなく、パパ活の女の子と、写真映えするから、という理由でデートに行ったのだ。展示を観る、というよりは写真を撮る係であった。

ボルタンスキーは現代アートで、絵画よりはダイレクトにこちらに伝わってくるものがあり、最初は興味がなかったが観ているうちに彼の内面や人柄に興味を持った。しっかりと図録を買って帰ってしまったほどだ。

「それは私も行ったよ」

「どうでした？」

この場合のどう、はどっちのどうなのだろうか。

珍しく目の前の画面が乱れた。普段は三択で出てくる選択肢が、今回はいいか悪いかしか浮かんでこないのだ。二択を突きつけられた私は突然崖っぷちに立たされた。このどうは、いい意味なのか、悪い意味なのか。引いたはずの汗がこめかみにじわりと滲《にじ》むのを感じる。

「私、怖かったんです」

いつもは画面が止まり考える時間があるはずなのに、今日はボタンを押していないのにテキストがどんどんと進んで行ってしまう。しかも彼女の感想は、良し悪しではなく、感情に向けられていた。

「怖い？」

「え、怖くなかったですか？　私途中で気分が悪くなっちゃって」

タンスの引き出しのように積み上げられた缶の一つ一つに亡くなった人間の顔写真が貼られていた。それがまるで人間のインデックスのようで、自分もいつかそこに格納される気がして身震いしたと。

「もしも、私の人生もたった一箱に集約されて、缶の中には人には見られたくないものが詰まっていたとしたら。今だってただでさえ自分の過去の汚点に向き合いたくないのに、それを死んだ後に知らない人に引っかき回されてわかった気になられたら嫌じゃないですか。他にも、服が山になってた展示も怖かったです。長い通路を歩いていくと、黒い山がそびえ立っていて。私、それが死体の山に見えたんです。丸焦げの。穏やかじゃないと思いませんか？　そんなの」

黒い服が山積みにされた作品は確かにあった。しかし、表現していたのはファッションにおける没個性だったはずだ。自分の身長より数倍もある大きな山は迫りくるものがあり、ダイナミックでインパクトがあったが、私はそれに恐怖心を抱かなかった。

「なんでこんな怖いものを作るんだろうなーって。涙が止まらなかったんです。ボルタンスキーの死生観が全く理解できないって」

　そう言い切ってから、ユイちゃんは憂わしげにもう湯気の立っていない紅茶をぐっと飲んだ。

「怖い思いをしてしまったんだね。ということは……良くなかったってことかな？」

「いや、良かったですよ。興味深いと思いました。言葉もなく、作ってその場に置いてあるもので自分の心がこんなにも乱れることが楽しかったし、ボルタンスキーすごいなーって思いました。でも、もういいかな。お腹いっぱいって感じで」

「そう言われちゃうと、私の感想なんて平々凡々で申し訳なくなるよ」

「そうですか？　感じ方って人それぞれですよ」

と平然とした顔でこちらを見るので、私は驚きを隠しながらありがとうと伝えた。


「――っていう子がいたんだよね」

「最近の若い女の子ってみんなそんな感じなのか？」

「みんなってわけじゃない。彼女はなんていうか、ちょっと、独特。一筋縄ではいかない感じ」

「一筋縄ねえ。俺の奥さんも一筋縄ではいかないよ」

　野村《のむら》はハイボールを呷《あお》ってから、大袈裟《おおげさ》な口調で言葉を続けた。

「お前さあ、いつまでアレ続ける気だよ」

「アレって言わないでくれるか」

「じゃあ、大きい声で言うか？」

と野村は大きく息を吸ってみせる。私がおしぼりで彼の肩口を叩《たた》くと、彼は吸い込んだ息を使って大きな声で笑った。

「嫌みじゃないけどさ、独身で社長で、金があって、若い女の子と遊べるって最高だよな」

「そんないいもんじゃないよ」

「俺なんて嫁に財布のひもを握られてるから、今日だってなけなしのお小遣いからですよ」

私は男に奢《おご》る主義ではない。テーブルには、二人分のハイボールと、つまみの皿がいくつか。別に質素ではないし、こいつはこいつで夜な夜な酒場を渡り歩いている。どの口がそんなことを言うのかと思ったが、お互いに女の話を酒のつまみにもう二時間以上飲んでいる。こぢんまりとしたこの店からしたら迷惑な客だ。

野村は大学時代の数少ない友人であり、今尚《なお》続く腐れ縁の相手だ。私が新宿で女の子と一緒にいる時に鉢合わせて、パパ活をしていることがバレてしまった。

「ただ湯水のように意味なく金を使ってるわけじゃないんだよ。人それぞれ趣味ってあるだろ。車だったり、時計だったり。それがたまたま女の子にお金を使うってことだけなんだよ」

「車も、時計も、資産として残るからいいけど、若い女の子に金を使うなんて、便所に札束捨ててんのと一緒じゃないのか？　お前に見返りがないじゃないか。俺は、手元に残る形で金が使いたいよ」

「そう言うお前は嫁さんから渡されてる小遣いを湯水のように酒に使ってるじゃないか」

野村は反論するように身を乗り出した。

「俺が酒を飲むのは、仕事の時か、お前といる時だけ。小遣いの大半はサーフィンに費やしてるんだよ」

確かに野村の肌の色は完全な潮焼けの色だった。ウエットスーツが似合うように、体も絞っているらしく、酒もハイボールを好んで飲む。

返事の代わりに私は炭酸の抜けたハイボールに口をつけた。ジョッキがやけに重く感じられて呷る気分にはなれない。

「女の子って、みんな同じだと思ってたけど、最近違うのかもしれないと思ってきたよ」

出会った時は、ユイちゃんは口数が少ない内気な子なのかと思っていた。しかし彼女はよく喋った。そのズレが私の彼女への興味を強くした。

いつもであれば、ゲームのように思った通りに物語は進むはずなのに、ユイちゃんはなかなか心を開いてくれず、人をたやすく信用しない。近づいたり離れたりしていく。そんな彼女の前ではまだうまくペースを掴めずに戸惑ってしまう。こんなことはいつぶりだろうか。

ジョッキの内側に張り付いた炭酸の泡をぼんやりと眺めていると、何当たり前のことを言ってんだよと、今度は野村におしぼりで叩かれた。

ユイちゃんと出会ってから一年半ほど経《た》った。月に二回ほど会っているにもかかわらず、彼女は相変わらず付かず離れずの距離感で私に接してくる。こんなにも攻略に時間がかかるのは初めてだ。

先月私の行きつけのレストランで食事をした時、彼女が「キーケースが壊れた」と話していた。私はそれをデータベースにメモしていた。次に会う時には必ず新しいキーケースをプレゼントしようと予定していた。

彼女がリップクリームを取り出すポーチは赤いし、財布も赤い。携帯のケースも朱色がベースのものを使っている。だから、彼女にプレゼントするなら、赤いキーケースだと確信した。

その日、彼女は私の貸したボールペンを使って喫茶店のペーパーナプキンに器用に私の似顔絵を描いていた。ペーパーナプキンは柔らかく、ペン先が不安定になるからか、丁寧に、優しく紙に向かい合っている。骨ばっていた手首も、ほっそりとしていた顔も今はちょうどいい肉付きになってきた。

「これ、プレゼント」

描き終わるのを待ち切れず、小さい割にしっかりとした黒の紙袋をユイちゃんに差し出すと、彼女はきょとんとした顔をして、ボールペンを机に置き恐る恐る手を伸ばした。

「必要かなと思って」

紙袋にDiorのロゴを見て、ユイちゃんの動きが一瞬止まった。戸惑いを見せながら化粧品ですかと聞いてくるので、私が得意げに開けてみてと促すと、彼女は中に入った小さな箱を取り出し、かけられたリボンをするりと解《ほど》き、箱を開けた。

「……キーケース？」

「この前壊れたって言ってたでしょ。もう買っちゃったかな？」

ユイちゃんは赤い革のキーケースを雑に箱に戻し、突き返してきた。口は真一文字に結ばれ、目の奥に呆《あき》れの色がうかがえる。

「気に入らなかった？」

「そうじゃなくて」

「気に入るの探しに行こうか」

「だから、そうじゃないんです」

ぴしゃりとした言葉に、声が喉から体の奥へ引っ込んでいった。

「頼んでないじゃないですか。私、欲しいって言いましたか？　言ってないですよね」

「あったらいいかなと思って」

私が喋る度にどうしてか、彼女の怒りの炎は大きくなっていく。

「困ります」

再度突き返された箱を、私も突き返す。

「せっかくなんだから使ってよ。いいものだし」

「いいか悪いかは、私が決めるものです」

そう言って、ユイちゃんは頑として私の好意を受け取ろうとしなかった。黙り込んで、一杯、二杯と、ホットの紅茶にコーヒーフレッシュをダバダバと流し込み、無理やり冷まして飲み干していく。

気がつけばゲーム画面の白い枠は消え去り、コントローラーのボタンを押しても、目の前の女の子はうんともすんとも返事をしない。

もう完全にバグだと思った。お手上げだ。フラグは折れて、私は攻略ルートから外れてしまった。いや、そもそもこの子はゲームによくいる攻略対象外のキャラクターなのではないかと思った。

厳密に言えば、彼女は攻略対象外で間違いはない。彼女には半年ほど前にバイト先で出会ったビジネスマンの彼氏がいる。その彼の家に入り浸っていることも私は知っている。

私はこの子と恋仲になりたいわけではない。ボタンを押し、思うようにコントロールをして、彼女という人間の感情を掌握したいだけなのだ。そのためにデータを集め、せっせと課金しているのである。けれど、彼ができてからのユイちゃんは感情の起伏が大きくなり、以前にも増して行動パターンが読めなくなっていた。

「私はどうしたら、良かったですか？」

ユイちゃんはわざとらしくため息を吐くと、やっと口を開いた。

「星野さんはいつもアイスコーヒーを飲みますよね」

「うん」

彼女は突然、テーブルのサイドにあるコーヒーフレッシュを次から次に開けては、私のアイスコーヒーにドバドバと入れていく。透き通った薄茶色の液体は、ミルクに侵されて白く濁っていく。

「今、どんな気分ですか」

「どんなって、お、驚いてる」

「ムカつきます?」

そう言いながら、彼女はさらに投入しコップの中を濁らせていく。

「私がされたことって、こういうことです」

正直、意味がわからなかった。かろうじてわかるのは、ユイちゃんは不快な思いをしたということだろうか。

「嫌だったってこと、かな」

「ざっくり言うと。私、キーケースはこれって決めてるんです」

目の前に突き出されたのは薄汚れたキーホルダーだった。白と黒の配色から、おそらくパンダだと思われるそれは、両手足がなくなり、パンダとしてのアイデンティティーは目と耳の黒だけしか残っていない。取れた足の部分は乱雑に、無理やりぬい留めた形跡があった。本来は真っ白だったはずのお腹と顔は、黒ずんで不自然な毛羽立ちが目立つ。形の違う鍵が二本ぶら下がっていた。

「パンダ……でいいのかな」

「はい、どこからどう見てもパンダです。この間ついに右足が取れたんです」

「キーケースじゃなくて、キーホルダーだね、それ」

どの言葉がユイちゃんの逆鱗《げきりん》に触れるかわからない私は、恐る恐る口にした。

「鍵をつけてたら私の中ではキーケースなんです」

きっぱりと言い切って、ユイちゃんは汚いパンダを慈しむように撫《な》でた。

「それはどこで買ったのかな？」

「上野《うえの》らしいです」

「じゃあ……上野に行って新しいパンダを買おうか」

こんなに大切にしているものに新しいものをあてがおうとしたら、彼女はまた怒るだろうか。どんな返事がくるのかわからずおびえながら、私はどうにか気を紛らわせようとして、植物油脂に汚染されたアイスコーヒーをストローでかき混ぜた。


ブランドもののプレゼントを喜ばない子がこの世にいることが私は衝撃だった。普段自分で買わなかったとしても、もらえば嬉しいはずだ。私だってそうだ。しかし、ユイちゃんはいらないと拒み、薄汚いパンダの代わりになる、新しいパンダのキーホルダーが欲しいと言う。今まで自分が積み重ねて集めてきたデータはなんだったのだろうかと、その日の夜、私は数々のファイルを眺めながら肩を落とした。

もちろん今までも誰も彼もが思い通りになっていたわけではない。恋愛感情とは自分本位に走りやすいものである。恋愛とは随分前に距離を置いている身としては、初恋の時のように不本意に感情をかき乱されることに疲れてしまった。

その点パパ活はフラットな目線と感情で女の子に接することができる。ゲームと一緒なのだ。

　高校時代のマドンナであった柴田美咲に恋をしてから、恋愛に期待することを諦めた。恋とは一種の病であり、判断を鈍らせる。

　なんとかして柴田美咲を攻略したかった当時の私は、彼女のデータを徹底的に集めた。何時の電車の何両目に乗るか。お気に入りの店はどこか。近所のスーパーで何を買うのか。柴田美咲の全てを知れば、ゲームの女の子と同じように、私は彼女の彼氏になれると思った。

　まずは無理に話しかけるのをやめた。勉強を頑張り、それまで成績はそこそこだった私は学年三位のレベルまで学力を上げた。定期テストの後に貼り出される順位表の名前が上位であればあるほど周りから注目されることもゲームから学んでいた。それによって影の薄い存在であった私は頭のいい人として認識されるようになった。すると周りから勉強を教えて欲しいとせがまれるようになる。その中には柴田美咲の友達もいた。友人からの口コミでついに柴田美咲から話しかけてもらえるチャンスを学力によって手に入れたのだ。

「数学を教えて欲しいの」と教科書とノートを抱えて私の机の前に立つ彼女は、やっぱりゲームのヒロインそのままだった。セミロングの黒髪は艶《つや》やかで天使の輪っかがきらめき、とにかく色が白く、スカートから伸びた脚は華奢でまっすぐだ。隣に座ると、柔らかい石鹸《せっけん》の匂いがふんわりとする。

問題に行き詰まると、時折彼女の好きなお笑い芸人のネタを交えながら笑いを取った。彼女が苦手な部分を克服できるようにとことん付き合った。

そのうち休み時間や放課後にしていた勉強会は、休みの日にも行われるようになり、勉強が終わった後は息抜きに喫茶店で彼女の好きなモンブランを一緒に食べたり、学園祭の映画を観にいくようになった。その頃には二人きりでいることに随分慣れ、話題の日、キャンプファイヤーの炎に照らされながら、私は柴田美咲に告白された。周りからは奇跡と言われたが確かに柴田美咲が私に向かって「好きです。付き合ってください」と言ったのだ。

その時私の中に一つの違和感が生まれた。私は彼女とキスがしたいわけでも、それ以上の関係になりたいわけでもなかったのだ。

私の好んだ恋愛シミュレーションゲームは意中の女の子と付き合うところでエンディングを迎える。両想いになり、ENDの文字が流れた時、確かな手応えを感じられる。

柴田美咲と付き合えることになった時、目の前の彼女が笑顔でブラックアウトし、ENDの文字が、見えてしまったのだ。

結局、恋人同士になったにもかかわらず、一度もデートに行かないまま私と柴田美咲は別れることになった。

彼女の友達からは非難囂々《ごうごう》だったが、攻略をしてしまえば興味がなくなってしまうのだからしょうがない。

それから、女性と付き合おうとしてもゴールが見えてしまうと途端に気持ちが冷めてしまうようになった。しかし、彼女たちはデータとして大いに役立った。

普通の女性は、好意を寄せられるようになると切り離すのが一苦労だった。それもゲームと思えたらよかったのだが、別れ話を切り出すと泣き喚《わめ》き、ものを投げつけられたこともあって、私の方も参ってしまった。

三十代の初めに結婚を前提に付き合いたいと言ってきた年上の女性とは一年ほど続いていたが、生身の人間と付き合い結婚することがどうしても考えられず別れようと告げると「私の時間を返して」と逆上され、責任を取れと家に押しかけられたり、携帯の通知が止《や》まなくなったりした。耐えられなくなった私は、彼女の提示した額の手切れ金を渡すことでことなきを得た。

その一件以来、恋する女とはなんと面倒な生き物なのだと思わずにはいられなくなった。

パパ活を知った時、これだと確信した。お金で女の子の時間を買い、決して関係を持たなければこんないいものはないじゃないかと、私の心は躍った。プロフィールを見ながらどの子にしようかと悩む時間も、昔ゲームの説明書に載っていたキャラクタープロフィールを見ている時のようにワクワクするのだ。

物を買い与え、美味《おい》しい食事をご馳走し、女の子たちが普段経験できないことをこちらが提供してあげる。その繰り返しで、これまで何人もENDの文字を見てきたのだ。

先程の言い争いなどなかったかのように、ユイちゃんの機嫌は元に戻った。喫茶店でお手当てを渡し、手を振り帰路につくユイちゃんの足取りは軽やかだ。

今日の約束はお茶だけで、食事はなし。彼女はこの後友人と食事に行くのだと言っていた。彼女の友人として私が把握しているのは、一人だけだった。何度か跡をつけた時、二人は写真映えしそうな店や、話題の店を訪れていた。その子と会う確信はないが、私がこれまで確認している友人は彼女だけであり確率としては高いだろう。

ユイちゃんの歩幅に合わせ、距離は十五メートル以上近づかないように気をつける。原宿《はらじゅく》と渋谷《しぶや》の間にある喫茶店から、彼女は明確な意思を持って渋谷方面に歩いていく。目的地がある時、人は後ろを振り返らない。

渋谷駅に着くとユイちゃんはスクランブル交差点を越え、道玄坂《どうげんざか》をぐんぐん進んでいく。どうやら目的地は道玄坂上にある焼肉屋のようだった。時刻は十八時半前。食事を始めるには丁度いい時間だろう。

私は彼女が店に入るのを見送り、店構えを写真に押さえておく。一緒にいる時は肉より魚を食べているユイちゃんだが、若い子はやはり焼肉が好きなのだろうか。店からは独特の甘いタレが焼ける匂いが漂ってきている。彼女が誰と食事をしているのかわかるまで、私の食事はお預けだ。

道のこちら側から、一時も目を離すことなく店の自動ドアを凝視する。若者や、仕事帰りの人たちだろうか、店には次々と人が入っていく。ドアが開く度に私は少しだけ警戒をするが、なかなかユイちゃんは姿を現してはくれない。

二時間が過ぎた頃、店から一組の男女が腕を組みながら出てきた。男の方は決してスリムとは言えない体形で、傍《そば》にいる女の子の体重を半身でしっかりと受け止め支えている。しなだれかかるように腕を絡ませているのは、ユイちゃんだった。酔っ払っているのか、足取りはいつもよりおぼつかない印象だ。

男だったか、と思いながら二人を道を挟んで追いかけていく。

二人は時折ゲラゲラと笑いながら、大きな声で話している。男の方も気持ちよく酔っ払っているのだろう。ユイちゃんは体を反らして笑うと、男の背中を何度も叩いていた。彼女がそんな風に笑うのを私は初めて見た。私の前ではお酒は苦手だと言っていたのに。

二人は道を渡り、渋谷のホテル街へと吸い込まれて行く。ネオンの看板が二人の背中を妖しく照らしていた。そういえば今日の彼女は普段より短いデニムスカートを穿《は》いていた。おぼつかない足取りで揺れる腰は、いつもより艶《なま》めかしくこれから彼女の身に起きることを想像させる。路地に入った途端に男の腕は自然とユイちゃんの腰に回された。前で立ち止まっては何かを話し、それを幾度か繰り返し、男の方が小走りで一軒のホテルの前へ行き、「パンちゃん、ここにしよ！」と彼女に手を振り、二人はホテルの中へと吸い込まれていった。


「シマウマって、なんて鳴くか知ってます？」

アフリカの動物が集まる檻《おり》の柵《さく》に体を預け、コットン素材のショートパンツから脚を惜しげもなく出したユイちゃんが、私に尋ねた。肩には同じ素材でできたベージュの上着を羽織っている。

「ヒヒーンなんじゃないかな。馬だから」

「そう思いますよね。シマ、ウマ、ですもん」

彼女が見知らぬ男とラブホテルに消えてから、どうも落ち着かない日々が続いた。思い通りにはいかない子だとは思っていたが、彼氏がいながら、別の男と関係を持つとは一体どんな貞操観念なのだろう。しかしそれ以前に、彼氏がいるのにパパ活を続けていることも十分おかしいのだ。ユイちゃんのことを知れば知るほど、彼女の存在が虚像のように思えてくる。

「で、正解は？　馬と同じじゃないんでしょ」

「よくわかりましたね。シマウマは、わん！　って鳴くんです。しかも滅多に鳴かない」

ユイちゃんは柵の向こう側のシマウマに向かって全力で犬のように吼《ほ》えた。その声は、色づいた木々と、薄まった青の空に吸い込まれていく。

「昔、『トリビアの泉』でやってました。でも、本当なのかな」

「本当っていうのは？」

「もしかしたら嘘《うそ》かもしれないじゃないですか。百聞は一見に如《し》かずって言うように、見ないと信じられないことの一つです」

シマウマはのんきに尻尾《しっぽ》を振るだけだった。ずっと、口を開かず黙っている。

「信じられなくなることもあるよ」

「え？」

「もし、シマウマがわんって鳴いたら、目の前にいるのがシマウマか疑いたくはならないかな？」

なるかもしれないですね、と言いながら、パンダが見たいと言っていた彼女は飽きもせずシマウマを見ている。

ゲームの中で動物園と言ったら一大イベントだ。もう彼女との親愛度はかなり高まっていて、ここでのイベントのひと押しでエンディングへの道が決まる。ゲームではだ。

しかし今日の動物園は私の方が気もそぞろで、集中できない。ここのところ、彼女と会うとゲーム画面に切り替わらなくなってきている。

「ユイちゃんは嘘ついてることってある？」

「嘘はないですよ」

なんの迷いもなく彼女は言ってのけた。嘘ついてどうするんですかと笑っている。

「嘘じゃなくても、隠してることあったりしない？」

「なんですか、急に」

本当に急にどうしたんだろうか。こんなこと聞かなくてもいいはずなのに。私は目の前にいる彼女が本当は何者か知りたくてしょうがなくなっている。

「ただの思い過ごしだったら申し訳ないけど、この間、渋谷でユイちゃんを見たんだ」

「はあ」

「知らない男の人といた」

「私だって男の人とくらいいますよー」

「その人は彼氏？　それとも、私以外のパパかな？」

「どの人だろ？」

ユイちゃんはやっとシマウマから視線を外し、こちらを見た。風がふわりと彼女の髪の毛を巻き上げて表情を隠す。

「焼肉に行って、ホテルに入って行った人」

彼女は納得したように、ああやっぱりと相槌《あいづち》を打つと爽《さわ》やかににこりと笑った。

「あの人はパパじゃないですよ。友達です」

「友達と、ホテルに行くの？」

「正確には、この前までセフレで、今は彼氏の友達、ですかね」

「複雑な関係だね」

「そうですか？　私と星野さんの関係の方が複雑じゃないですか」

「そうかな」

私にとってはお金で繋がっているだけの単純な関係だ。

「星野さんは私のパパの一人であり、ストーカーだから」

ややこしい、ややこしい、と呟《つぶや》きながらユイちゃんがこちらへ歩いてくる。一歩、二歩と、近づいてくる度にコツコツと足音がする。彼女が五センチほどのヒールを履いていることに今気がついた。今日はたくさん歩くから、スニーカーを履いていると思い込んでいた。

「ストーカーじゃないよ」

「人のことつけたり、あれこれ調べたりするのは、ストーカーって言うんです」

「私はちゃんと、君のことが知りたくて」

ユイちゃんの感情は相変わらず読めない。次に彼女が何をするのか、何を口にするのか、調べても調べても、私には予測ができなかった。

「私のこと知ってどうするんですか?」

一瞬、白い線が見えた気がした。

「君のことを喜ばせられると思って」

「どうして?」

彼女の問いかけに私は呆然《ぼうぜん》とした。どうして。そう投げかけられた言葉に対する答えがどこを探してもなかった。ないことに戸惑い、焦った。どうして、彼女を喜ばせたいと思ったのだろう。そもそもなぜ女の子たちを喜ばせたいと思ったのだろう。自分のことなのにわからなくなった。

一瞬見えたと思ったゲームの枠組みが縮れた糸のように力なく、消えていった。

「いい顔したいだけですか?」

「違うと、思う」

「そういう自分本位な優しさは上手に生きるためには必要なことですよ。私はいい顔してたいですね。自分のために」

「私は、君のことを知りたかっただけなんだと、思う。単純に。思った通りにならなくて、どこかズレてるから」

私ズレてるかなと彼女はのんきに笑う。

「他の子たちとは違う気がした。だから、知りたくなったんだ。ブランドものをあげても喜ばないし、食事も庶民的なところがいいと言い張る。他の子はお金をあげて、プレゼントをあげれば簡単に喜ぶのに、君は違った。跡をつけて調べると、大学生って言ってるけど、本当は大学に行ってないことがわかったし、彼氏の家に入り浸ってて、お金に困っているはずはないのにどうしてパパ活をするのか。幸せがそこにちゃんとあるのに、彼氏の友達と体の関係を持ってしまうことも。私の理解を超えていて、わからなくて怖いんだよ。そんなキャラクター今までいなかったんだ」

「女の子に幻想を抱いちゃダメですよ。私が上手に生きてくためには全部必要なことなんです。彼氏がいることも、その友達と関係を持っちゃったことも。パパ活してることも。全部私の中では筋が通ってるんですけど。そういう自分なりの筋って他人には理解され難《にく》いですよね。……枠にはまらず柔軟に生きるための、バランスですかね」

パンダ、見に行きますか？　とユイちゃんが手を差し出した。恐る恐る彼女の小さな手に自分のくたびれた手を重ねてみると、彼女はなんのためらいもなく、私の手を握ってくれた。

「こんな風に、好きな人と動物園に来たかったなあ」

「彼とは来てないの？」

「今更ですけど、家までついてくるのほんと怖いからやめた方がいいですよ。他の女の子にもやってるんですか？」

全部ばれていたのか。私はばつが悪くなり、小さく頷《うなず》くことしかできない。

「でも、その気持ちわかりますよ。全部知りたくなっちゃうことってありますから」

「彼とは、来ないの？」

私が同じ質問をもう一度繰り返すと、

「動物苦手なんですよその人。だからパンダのキーホルダーいらないってくれて。まあ、昔の話なんですけど、なんか腹立たしいから、パンダのキーホルダーの手足が全部なくなるまで使ってやろうと思って」

と見たことのない切ない笑顔で言った。

「前にボールペン貸してくれたじゃないですか」

園内の東側と西側を繋いでいるいそっぷ橋に向かって歩き出す。

「星野さん、あんまり仕事の話しないけど、あのボールペンに会社名が書いてあったから私調べたんです。アパレルの社長さんっていうからどんな会社なんだろうって」

自然と歩みが遅くなり、さわさわと音を立てて揺れる木々の間から少し先にある不忍池《しのばずのいけ》が望める。

「その会社名を検索したら、生地のプリント工場が出てきて、そこの社長のブログにクライアントさんと記念撮影って、星野さんの写真が載ってました。もちろん社名も。星野さん、アパレルの社長って言ってるけど、テキスタイルの仕入れしてる会社の社長さんなんですね。なんで嘘ついてるんです？」

私は足を止めた。彼女も同じようにその場に立ち止まる。手は握ったままで、その繋ぎ目がやけに湿り気を帯びてきた。口の中は異様なベタつきを持ち、意味もなく何度も奥歯を噛み締めてしまう。私はどこから話せばいいのかわからず、言葉にならない声を発した。

「本当のこと言ってもがっかりしないですよ。社長なのは嘘じゃないんだから」

「でも、生地の卸業者の社長だなんてパッとしないから」

「アパレルって言った方が」

「いいと思った」

繋いだ手がふいに放されて、空を切る音がした後、背中で鈍い音がした。叩かれて痛む背中に耐えきれず前かがみになると、また手を取られた。

「やっぱりいい顔したいだけじゃないですかー」

ユイちゃんは顔を歪《ゆが》ませて泣きそうな顔で笑っていた。ごめんと小さく謝ることが精一杯だったが、彼女が初めて見せてくれる表情や行動が生身の人間といることを自覚させてくれる。女性に対して損得勘定なしに素直になれたのはいつぶりだろうか。

いそっぷ橋に向かってまた歩き出した私たちの背後で犬の鳴く声がした。わんわんと大きな声で二度。私たちは振り返り、顔を見合わせた。

「鳴きましたね」

「鳴いたね」

腹の底から笑いがこみ上げてきて、私たち二人は大きな声で酸欠になりそうなほど笑った。

「私は本気の恋愛をほとんどしてきたことがないんだ」

「星野さんすごく女の子に慣れてる感じなのに？」

「相手が喜ぶ言葉や、行動をするだけ。女の子たちをゲームキャラクターだと思ってたんだよ、私は」

ゲームには攻略本があるけれど、現実世界の女の子たちには攻略本も取扱説明書もない。必要なら自分で作らなくてはいけない。そう思っていた。

「だから恋愛という感情より、ゲームをクリアする達成感が欲しくて女の子と接してた」

「理由はどうあれ、それは星野さんが星野さんであるために必要なことなんじゃないですか。相手にいい顔して好かれたいのなんてみんな一緒だし。嫌われるのが怖いから、誰かの望む人になろうとしちゃうんですよ。結局みんな小さな嘘をつきながら歩み寄るのが恋愛だと思うし。本気の恋なんてよくわかんないですよ」

ユイちゃんはさらに強く手を握ってくれた。

上野動物園の人気者のパンダは想像と違った。真っ白だと信じて疑わなかった毛色は、くすんだ生成り色に汚れていて、彼女の持っていたキーホルダーにそっくりだった。可愛いというより薄汚い。人生で初めて目にしたパンダに対して、私は正直がっかりしてしまった。

「私、生まれて初めてパンダ見たんですけど」

ユイちゃんはガラスの檻の中で笹《ささ》を食《は》み続けているパンダをまっすぐに見つめながら言葉を続けた。

「思ったより、汚いですね。私のパンダにそっくり」

「私もそう思ってた」

「やっぱり気が合いますね」

「出会ってから今まで、ユイちゃんのことがずっとわからないままだよ」

「私はずっと、私たちは似てるなって思ってましたよ」

どこがと聞くと、彼女はどこもかしこもと笑った。

「星野さん、これからはお友達になりませんか」

「お友達」

「はい、お友達です。たまに会って、お茶して、美術館行って。だから跡をつけるのはもうなしです」

今までの関係と何も変わらないじゃないかと思った。

「お金なしの対等な関係です。私、お金が必要でパパ活してるんじゃないんですよ。お金が貯《た》まっていくと、こんな自分でも価値があるんだなーって認められた気がして安心するんです」

「安心？」

「自信が無いんでしょうね。こういう気持ちを共有できる人もいなくて」

「どうしてユイちゃんは怒らないの？」

心にずっと引っかかっている疑問をぶつけてみた。彼女は迷うことなく、

「似てるなって、勝手に思ってるからですよ」

繋いでいた手をほどき、ユイちゃんが私に向き直る。

「嘘、一つついてました。私、ユイじゃないです」

「うん」

「小夜《さや》って言います」

そう名乗って彼女は握手を求めるように手を差し出した。

「知ってたよ」

やっぱりかと小夜ちゃんは飾らない表情で歯を見せて笑った。

「私も、本当は星野じゃなくて、三田《みた》と言います」

「知ってました」

私たちは初めましてとしっかり握手を交わした。

4・ちい

ハジメ先輩にふられた。五分前。

この人の才能に、人柄に恋をして、全てを知りたいと思った。けれど、私はふられてしまった。

「俺、特定の人と付き合わないようにしてるんだよね」

消化不良も甚だしい言葉は、曖昧《あいまい》で核心に触れさせない防御壁のようだ。君とは付き合えないとか、好きじゃないとか。そんな風にいっそのこと切り捨てられた方がこの惨めさもいくらかマシになる。

一世一代の決心で震える手を握りしめて、言うなら二人っきりの今しかないと思ったのだ。気持ちを伝えなくちゃ何も始まらないと心を決めて言葉にしたのに、彼が私に向けてくれた熱っぽい視線やスキンシップの数々は、どうやら思い違いだったらしい。

ブルーベリーのガムの匂いがする人で、甘ったるい匂いがいつも彼を包み込んでいた。漂ってくる香りは私に絡みついて頭をクラクラさせてくる。他の人からこの匂いがしても、先輩のことを連想してしまうあたり、恋の盲目ゾーンに見事に突入している気がしてならない。

「俺、明日死んでも後悔ないように生きてたいから」

思いとは裏腹に先輩は死生観まで披露してくれて、大好きな人が明日死んでもなんて言うから、告白の答えなんかよりも、

「死ぬとか言わないでくださぃ〜」

と私は泣いてすがりついた。

付き合わないようにしているとはどういうことだ、と問うと、

「人生において大切な人やものは少ない方がいい。大切な人を残して死ぬのも嫌。だから俺は特定の人を作ろうとは思わない。それに自分の精神が侵されるのも本当は得意じゃない」

と教えてくれた。

できるだけ身軽に、不幸せじゃない程度の日常が続くことが理想だと先輩は言う。

「先輩にはずっと幸せでいて欲しいです」

「ちぃは優しいな。ありがとう」

このやり取りをさっきから何度も繰り返しながら、八分前にふられたばかりの私は十一月のひんやりとした空気の中、世界で一番好きな人に肩を抱かれ、鼻水をすすりなが

らその人の家に向かっている。

ふられたはずなのに、なんでこんなことになっているのかはよくわからなかった。もともと先輩の家に行くはずだったけれど、告白が失敗した時点でその約束は反故《ほご》になったと思っていた。

先輩は誰にだって優しいから、泣きじゃくって帰ろうとしない私をなぐさめるためなのか、とりあえず家においでと、ふった相手を優しくエスコートしてくれた。

歩幅は先輩の方が広くて、肩を抱かれているせいで歩幅を自然と合わせることになる。右、左、右、左と、二人三脚をしているみたいに歩いていると、わずかに息も上がってなんで泣いていたのかわからなくなってくる。悲しみの輪郭が薄ぼんやりしてくると、所詮《しょせん》感情は一時のもので、悲しみはできるだけ早くごまかし、喜びは長く引き延ばすべきだと思った。その繰り返しをしていれば、どうにかこうにか心だけは死なずにいられる気がする。

私の中にあったはずの悲しみは、鼻水をすすり二人三脚をしながら歩いていることの奇妙さと、先輩から香ってくるブルーベリーのガムの匂いでごまかされた。

雨上がりのアスファルトは色濃く、街灯が地面に反射し眩《まぶ》しい。濡《ぬ》れて黒々とした景色の中に点々と光が落ちている様子をまだ涙の残る瞳で見ていると、幸せと不幸せがないまぜになってでき上がるのはこんな景色だろうかと思った。星が全部落ちてきたみたいだと仰いでみると、ぶ厚い灰色の雲が空を覆っていた。

先輩の家のドアは艶《つや》やかで洗練されたブルーだった。私の家のドアは特徴のないのっぺりとした白いドア。真っ青なドアの前に立つと、この先は特別な場所なんだと足がすくんだ。悲しみの淵《ふち》にいたはずなのに、あれよあれよと憧《あこが》れの場所までやってきて、一体この先私はどうなるというのだろうか。

軋《きし》んだ音と共に扉が開くと、目の前は真っ暗だった。夜の部屋だ、当たり前のことなのに私の感性は敏感になりすぎているのか、突然の暗闇に恐怖心が膨らんで涙が滲《にじ》んでしまった。唯一の頼りである先輩の服をギュッと摑《つか》むと、パチパチと点滅をしながら青みがかった白い明かりが玄関を照らした。

散らかってるけど、と通された玄関は確かに言葉の通りだった。わずかに湿気を感じる玄関は靴でいっぱいで、どれも先輩のものだとすぐにわかる。くたびれたコンバース。よれたヴァンズ。ニューバランスには泥がこびり付いているけど、茶色だからあまり目立ってはいない。この泥は、この間雨上がりにぬかるんだ土の上でみんなでサッカーをしていたからだ。

元は真っ白だったはずのエアフォース1を脱ぎ捨て、先輩は上がっていいよと言った。靴の履き口には細かな毛玉が点在していた。

1Kの部屋は男子大学生らしい荒れっぷりだった。部屋に入ってすぐの場所に洗濯物の山があって、おそらく毎日ここから服を選んでいるのだろう。洗濯した後なのかわからない靴下が、ローテーブルの下にペタンと打ち捨てられていた。

美大生らしいなと感じたのは、散らばった生活用品の中に昔作ったものだろうか、粘土製の人間の首が無残に転がっていること。広くはない部屋なのに、開きっぱなしのキャリーケースの中に乱雑に画材が放り込まれている。

飲みかけのペットボトルや、食べかけのものが転がっていないだけで十分だ。自分の家とは違う匂いがして、呼吸をする度に私は内側から生まれ変わっていく気がした。帰る頃には血液、細胞、体内の組織を作るために必要な酸素がこの部屋の空気によって作られているように願って、吸って吸って吸いまくった。

「どこでも好きなところに座って」

冷蔵庫から飲み物を出した先輩は未成年の私に梅サワーを渡してきた。家の冷蔵庫にあるってことはこれが好きなのだろうか。

「缶で目、冷やしときな。明日パンパンになっちゃうよ」

ありがとうございますと缶を目に当ててると、目の奥がズンと熱を持っていることに気がつく。じくじくと内側から痛んでいきそうなゆるい熱。

「先輩、少し横になっていいですか？」

「大丈夫かー」

大丈夫ですと断って、ゆっくりと床に寝転んだ。缶を当てた目と、フローリングが冷たくて気持ちがいい。目をつぶると先輩が家の中で動き回る音がする。衣擦《きぬず》れと、足音。

「ラジオ流してもいい？」

「あ、はい」

カチリという音と共に室内に私と先輩以外の声が鳴る。

「いつも聞いてるんですか？」

「音があると安心するから」

ラジオＤＪの声は私の耳を軽やかにすり抜けていく。

目を開けると、飴《あめ》色のチーク材のフローリングに点々と落ちている小さなゴミが目につく。お菓子を開けた時の切り口の端、スナック菓子のわずかな食べかす、ホコリ、髪の毛。順番に焦点が合って、頭の中にそれらを記憶していく。ただのゴミも先輩の家の、と前につけるだけで私にとって愛《め》でるべきものに変わる。

けれど、目に映った長い髪の毛だけは違った。ゆっくり手を伸ばしてその毛を摘《つま》み上げた。体を起こし、テーブルの上にあったティッシュをさっと一枚取ってそれを包んでカバンにしまい込んだ。

「大丈夫？」

大丈夫です、と慌てて答えると、なら良かったと先輩は私の頭を撫《な》で、隣へ腰を下ろした。

今までもカラオケだったり、居酒屋だったり、この距離感、密着度で過ごすことはあった。けれど今は場所が違う。ここは先輩の家だ。目の前には先輩が観《み》ているであろうテレビがあって、その横にはお気に入りの漫画が積まれていて、背後にはグレーのシーツが敷かれたベッドがある。掛け布団は朝起きた状態のままなのか、小さなオブジェのように丸まっている。全てが先輩が自分のために作り上げた空間。そこに、今、私がいる。

三十七分前にふられたはずなのに。今なお予想しなかった展開を受け入れられず、私は混乱の真っ只中《ただなか》にいた。

ちぃと呼ばれ振り向くと、焦点が合わないくらい近くに先輩の顔があった。

小さく息を呑《の》む。ゆるりと手が伸びてきて、冷えた左頬に生温《なまぬる》い人肌を感じた。先輩の手は少し乾燥していて、私の頬を優しく撫でるとかさりと乾いた感覚が残る。鼻先がツンと当たり額が密着すると、甘い呼吸が頭をぼんやりとさせていく。このまま目を閉じたらキスをされるんだろうか。

「先輩、本当に誰とも付き合ってないんですか」

鼻にかかるブルーベリーの香り。二人だけのとても小さくて密な空間で私はその言葉を口にした。

まう。

「若葉《わかば》先輩のこと、好きじゃないんですか」

確認するように強く、でも囁《ささや》くような声で問いかける。言葉の端がわずかに震えてし

「そうだよ」

「あいつは友達」

その言葉がブルーベリーの香りをまとって、軽やかに耳に届いた。

ゆっくりと目を閉じると、唇に柔らかくて温かいものが触れる。漏れる息は先輩のものと混ざり合い、甘ったるい匂いを放った。

ラジオからスピッツの『チェリー』が流れ始める。

唇が離れてから、どんな顔をするのが正解かわからずに顔のあちこちを力ませながら、まばたきを繰り返す。注がれる視線は湿っぽく、このまま受け入れるべきなのか迷った。下着の色は何色だっただろうか。上下ちゃんと揃《そろ》えていたか。そんなことを考えていると、ひと呼吸置いてまた先輩の顔が近づいてくる。私は着ていたニットの裾《すそ》をギュッと握りしめた。

彼女は作らないと言ったのに、どうして私にキスをするんだろう。

「先輩」

キスの合間に呼びかける。先輩の舌が私の口内に侵入しようと、唇の間を割ってくる

のをやんわりと拒みながら、どうしてと問いかけると、答えの代わりに頬にキスをされた。

その間もスピッツは優しい声で歌っている。

「キスまでだから」

と大真面目《おおまじめ》な顔で先輩は言った。

本当にキスだけを繰り返して、私たちは寒さを凌《しの》ぐようにシングルベッドで体を寄せ合って眠りに落ちた。

どうしてこんなことになっているのだろう。

そんな疑問はベッドの中で触れている足先の熱で溶けて、輪郭をなくしていった。

ふられたんじゃない。先輩は彼女を作らないだけ。それでも私に触りたいと思ってくれる。十分すぎるじゃないか。

昼過ぎ、先輩の部屋で起きた私は、隣で寝息を立てている顔を見ながらかすれた声で『チェリー』を口ずさんだ。

「愛してる」の響きだけで強くなれる気がしたよって、ほんとそれだよな。そう思いながら、じんと熱を持って腫れた唇を触って、これが夢ではないことを確かめた。

目を覚ました先輩はベッドの中で猫のように伸びをして、寝癖のついた頭をガシガシとかき毟《むし》る。寝起きが悪そうな印象だったのに、目覚めはいいようで何事もなかったかのようにスタスタとキッチンへ向かいお湯を沸かしていた。

「先輩。ガム持ってないですか?」

うんと一つ返事をして、テレビの横にあったガムを長くて細い指で一枚取って、渡してくれた。人工的なブルーベリーの香りがむんとして、昨日のキスの味を思い出した。ありがとうございますとお礼を言って、私はガムを優しく手のひらで包み込んだ。こっそりカバンの中にしまい込んで、軽く二回、おまじないをかけるようにポンポンと叩《たた》く。

私はもらったガムを食べない。もう何枚になったかわからないガムだけが入った袋は、家の隅っこでいつも先輩の匂いをさせている。袋に顔を近づければいつだって先輩のそばにいる気持ちになれる。

先輩は昨日のことなんてなかったみたいにコーヒーを二人分淹《い》れて、けろっとした顔でテレビを観ている。

昨日のあの時間は私の人生の特別な思い出として記憶された。

何度も何度も反芻《はんすう》し、忘れないように覚えている断片を絵に描き起こさなくちゃいけないと思った。唇、鼻、先輩の湿度のある視線。幾度も描いて紙の上に焼き付けておきたい。

ハジメ先輩が何もなかったことにしたとしても、私の思いは変わらない。

*

先輩と出会って、私はあっという間に恋に落ちた。

一瞬で人に心を奪われることは、漫画の世界の話だけじゃないんだと知ったし、一目《ひとめ》惚《ぼ》れをした自分に驚いた。

五月の昼下がりは日差しも風もここち良くて、このまま授業を受けずに昼寝ができればどれだけ気持ちがいいだろうかと、昼食後の血糖値の上がった体と格闘していた。

教室棟の屋外スペースを三階から覗《のぞ》き込むと、大きな布を広げて絵を描いている人がいた。大きな白いヘッドホンをして、筆を手に一心不乱に絵と向き合っている。細くて長い手足、白い肌は石膏のようで美しかった。

広げられた布には赤、黄、緑と色とりどりのモチーフが無意味に並んでいるように見えるのに、全体を上から見るとバラバラな形や色が規則性を持って、お互いを引き立て合っている。

足されていく色、筆を目で追う。流れる筆先から音楽が溢《あふ》れて聞こえるような気がする。それは決して優しい音ではなく、鬼気迫るような圧のある音。指揮者のように振う筆から目が離せなくなり、眠気はどこかへ消えてしまった。この人はどんな考えを持って作品に向かっているのだろうか。

気がつくと先輩がヘッドホンを外して、絵筆を手にしたままこちらを仰ぎ見ていた。

合ってしまった視線に、心が大きく揺らいだ。何かを言わなければと思っても曖昧な音しか出てこない。

精一杯の意思として人差し指で絵を指差す。先輩の視線は私から私の指先へと移っていく。

「これ?」

大声で投げかけられた言葉に何度も頷《うなず》くと、先輩は手招きをしてくれた。こちらへ来いということだろうかと急ぎ足で階段を下りバルコニーへと走った。

あまりの興奮に呼吸を忘れ、たどり着いた時に大きく一つ息をついた。

「この絵、上からどう見えた?」

そう言って先輩は私と同じ目線までかがんだ。ふいに懐かしいブルーベリーのガムの匂いがする。小さい頃よく食べていたあの味。

広げられた布に描かれたのは様々なモチーフで組み立てられたバベルの塔に見えた。

下から上、空に向かって延びていく円形の塔。不安定なのに、ギラリとした色使いのせいか地の底から湧き上がってくる熱を感じる。

「バベルですか……?」

「まだ完成してないけどね」

「完成させたら塔が崩れちゃいそうですね……」

絵の中だから崩れることなんてありえないのに。でもこの絵が湛《たた》えている不安定さになぜか安心を覚えた。

「お話の中では完成しなかったんだけどね」

美大には個性的で独創性に溢れている人たちが多い。自分もその一人だと思っていた。昔からコンクールに出せば高い確率で賞を取り、周りからも絶対に美大に進むべきだと背中を押された。予備校に通い始め受験対策にデッサンを描く日々を過ごすようになると、自分がやりたいことが見えてくるようになった。

絵画よりデザインがしたい。街はデザインで溢れている。描いた絵が売れるより、自分がデザインしたものが多くの人に愛され認められて欲しいと思った。

当たり前だけど、美大には絵のうまい人たちが集まっている。才能があると言われても、学内では個性がなければ森の中の落ち葉と同じだ。木から落ちて居場所をなくして埋もれる。私は意地でもそんな風にはなりたくなかった。決められた枠に囚《とら》われず自由に表現をして、絶対に頭一つ抜けてやる。いいデザイン会社に就職して、ゆくゆくは独立し、デザイナーとして認められたい、そう思っていた。

先輩は落ち葉ではない。青々として葉脈のしっかりとした葉っぱを繁らせた常緑樹だ。

作品を見てそう思った。

「カツラギ先輩の絵、すごいです」

「なんで俺の名前知ってるの？」

きょとんとした顔で先輩がこちらを見るので、私はデカデカと書かれた彼の個人情報を指差した。

制作エリアに敷かれたブルーシートの端には、
カツラギ　ハジメ
何かありましたらこちらの番号まで
とデカデカと書かれていた。横には学生番号と携帯番号も添えられている。学内の共有スペースでは作品をどかしたい時などのために、誰の作品かわかるように個人情報を書いておくことはそう珍しくないのだ。

探偵物語《たんていものがたり》のワンシーンのように、思いがけない部分から自分の名前がバレていたことに、先輩は苦笑いをして、テレパシーでも持ってるのかと思ったと言った。

「ハジメでいいよ。どこの学科の子？　っていうか何年？」

「デザイン科の二年です」

「じゃあ後輩だ。俺は、デザイン科の三年。あ、でも浪人してたりダブってたりしない？」

「一応ストレートです」

そう答えると、先輩は満足げに頷いた。

ストレートで美大に受かったって決して優秀なわけじゃない。絵がうまくたって、求められる作品が作れなきゃただの趣味と一緒。今の私の評価はBばかりでパッとしない。いくら野心があっても、作品を作れば作るほど自分には才能も価値もないのかもしれないと気がふさぐ。

「その絵は、何かの課題ですか？」

彼は首を振ってニヤリと笑った。

「これはコンクール用の作品。賞をもらえれば学費の足しになるから。課題も大事だけど、今のうちにいろんなところに作品出して評価されて、名前を売ったもん勝ちでしょ」

「そういうものですか」

「教授の出す課題も、コンクールのテーマをもとにした作品作りも、評価されればこれからに繋《つな》がっていく。評価されればお金にも繋がるし、自分がもうけたテーマで本当にやりたいことをやりやすい環境を作る足がかりになる」

作品を眺めながら彼はそう言い切った。自信やエネルギーに満ち溢れた印象が絵から伝わってくるのは、彼のマインドが関係しているのかと心底羨《うらや》ましくなった。

先輩が本当にやりたいことってなんですか？　と聞くと、彼は私から視線を外し、それは秘密と言った。

「先輩みたいに自信を持てたらいいな」

「自信がない？」

その質問に返事をすることができなかった。大丈夫だよと根拠のない言葉で励ましてもらいたくてこの言葉を口にしたのか自分にもわからなかったからだ。

「ここにいるのに自信が何かって考えてたら、そりゃ自信なくなるよ。目の前にあるボールを恐る恐る打ち返してみたって、飛距離なんかたかが知れてるじゃん。それだったら思いっきしぶん回して、その結果ホームランだったら儲《もう》けもんだし、ファールだったとしても、思いがけない場所にボールが届くかもしれない。アートには正解がない。この絵だって、いいって言う人と、ゴミみたいだって言う人がいると思うけど、まず自分が最高って思ってなきゃ半端なものになる。半端なものを作るのなんか時間の無駄だし、それこそ俺にとってゴミだと思うよ」

そう言い切れる芯《しん》の強さが私には羨ましかった。こんな風に思えたら私も少しは自分のことを好きになれるかもしれない。腐っていくだけの落ち葉になりかけていると思ったけど、自分が葉っぱではなく樹《き》だと信じることができたら、また新しい芽を生み出せる可能性だってある。この人にはそう思わせてくれる力強さがあった。

「で、名前、何?」

「小野小夜《おのさや》って言います」

「どんな字?」

「えっと……」

「名前の漢字」

「ああ。小さい野で、おのです」

「下の名前は?」

「小さい夜でさやって読みます」

それからハジメ先輩に「名前に小の字が二つもあるから、ちぃだな」とあだなをつけてもらった。

先輩から特別な名前で呼ばれるだけで自分の存在を愛《いと》おしく感じられた。

自信が持てるようになるお守りをあげると、脇に置いてあったカバンから何かを取り出し、私の手のひらの上に置いた。それは真っ新《さら》なパンダのマスコットキーホルダーだった。

「これがお守りですか?」

「いや、上野《うえの》のパンダなんだけどね」

はあ、と困惑の声を漏らすと、

「俺が持ってても持て余すだけだから、自信のお守り代わりにあげる」

手のひらの中でだらんと四肢を投げ出したやる気のないパンダのマスコットは私が初めて先輩からもらった大切なものになった。

それから私は初めて見たものを親と思ってしまう雛《ひな》のように、ハジメ先輩の周りをついて回った。生まれたての雛は何を見ても新鮮に感じてしまう。講義室の後ろの席からの景色、午後の光に温められたベンチ、落書きだらけのエレベーターの壁面の保護シート。今まで生活していたキャンパスは古ぼけていたはずなのに、毎日新しく生まれ変わっているように発見と刺激に溢れていた。

先輩の後をついて回るうちに若葉先輩とも顔見知りになった。若葉先輩はハジメ先輩と同学年だけど、一つ年上だ。

二人は自分たちの机を隣り合わせにして、いつも喋っていた。ハジメ先輩が食べているものを若葉先輩は我がもの顔で食べていたりする。それが一方的な傲慢《ごうまん》ではなく、なぜか男女関係の匂いがするのは、二人が時折言葉を交わさずに視線を交えている時があるからだ。

そんな場面に出会《でくわ》すと、彼女との差を見せつけられているようで、悲しくなった。

お昼ご飯を持って教室に遊びにいくと、二人は肩を並べてケバブを食べていた。どっちの肉の量が多いのかで今日も賑《にぎ》やかに言い合いをしている。

「絶対私の方が多いから。知ってる？　あのおじちゃん、私のこととお気に入りだからいつもちょっとおまけねって多めにしてくれるんだよ」

「お前が知らないだけで、それ全員に言ってるからな。だから俺のも多い、もしくは若葉と同じ量の肉が入ってるはずだ」

そんな言い合いが教室の入り口にいても聞こえてくる。私が三年の部屋に現れても珍しそうな顔をする人はもういなくなった。おう、とか、元気？　とか、先輩たちはみんな優しく迎え入れてくれる。

近くにある椅子《いす》を引きずって、二人の間に腰を下ろし淡々とお弁当の包みを開ける。今日は唐揚げ弁当だ。冷凍唐揚げを一つ摘んで、ハジメ先輩のケバブの肉の上にトッピングした。

「これでハジメ先輩の方がお肉の量が多いと思います。冷めちゃいますよ。食べましょう」

いただきますと手を合わせると、

「小夜ちゃん、それは反則だよー」

と若葉先輩の抗議の声が左側から聞こえる。

「教室の外まで声が聞こえてきてたので、これが一番早くて平和な解決方法かなと思って。あ、若葉先輩もいります？　唐揚げ」

「私が食べたら小夜ちゃんの唐揚げ二個になっちゃうからいいよ」

ありがとうと微笑《ほほえ》んでくれる彼女の顔は羨ましいくらいに整っていて、口元にポツンとあるホクロが色っぽい。

長い髪の毛をいつも一つにまとめてお団子にして、整っている顔は口紅をさすだけで十分人前に出られる造形だ。若葉先輩がハジメ先輩に好意をもっていたら勝ち目なんかない。

それでも私は、ハジメ先輩の笑顔がこちらに向けられるだけで満たされてしまうのだった。先輩の目の中に私だけが映ってる瞬間があれば十分、とは言えないけれど、満たされてしまう自分がいる。

先輩というようになって、自分の作品に自信が持てるようになった。

初めて会った時に先輩が言っていたように、就職して商業的にデザインをやっていくならば、個性は必要だけれどクライアントの意思にどれだけ添うことができるかが何よりも大切だと理解しはじめた。課題は教授というクライアントからの依頼である。そう考えるようになったら、個性と、課題で求められていることが綺麗《きれい》に整理され、頭の中がクリアになった。何よりも大切なのは依頼を全うすることであり、そこに自分がやる意義としての個性というエッセンスをわずかに入れ込んでいく。自我を前面に押し出していては、ただのエゴの塊にしかならない。

枠にハマりに行くことも大切である。ハジメ先輩といることでそう考えられるようになった。

新たな挑戦は私をワクワクさせてくれた。アイディアの源はいつだってハジメ先輩だ。一緒に見た景色の色や匂い、何げない会話のフレーズ。先輩から発せられるものがアイディアとなって次から次へと浮かんでくる。私はすぐにペンを走らせ、作品の構図をスケッチし続けた。昔感じていた作品を作る楽しさが水となって戻り、涸《か》れた心を潤してくれる。

評価は目に見えて上がっていった。教授は作品を高く評価してくれ、先輩もいいねと肩を叩いてくれる。積み重ねが確かな自信に繋がっていった。

最初は世間知らずで、自分の才能を過信していた。現実を見て自分の掲げた理想がいかに無謀で、独りよがりだったか痛感し挫折《ざせつ》しかけていたけれど、今はもう違う。

課題を割り切って作るようになってから、自然と個性を存分に発揮できるような作品も作りたくなった。ハジメ先輩がコンペ用に作品を作っているのも同じような理由だった。時折ガス抜きのように、作りたいテーマに近いコンペを探して作品づくりをすることでバランスを保っているのだ。私も自分の個性を出しやすそうなものを選び、そこで思いっきりバットを振ってみることを始めた。

秋から冬に季節が移り変わっていくと、学内は日に日に寒さを増していく。高校生の時に短いスカートを穿《は》いて生足を出していても平気だったのが不思議なくらい、寒さに弱くなった。デニムパンツに靴下を重ねばきして、底冷えから脚を守る。

助手控室の中には小さいけれど昔ながらの白い石油ストーブが置かれている。年季の入ったくすんだ白が炎の赤で内側からほんのり赤く染まったように見える。その暖かい色と、石油ストーブ特有の匂いが好きだ。次々と移り変わっていく赤を見ているだけで芯から温まる気がする。

足をストーブに向けながら、助手の琴吹《ことぶき》さんに課題の途中経過の報告をしていた。

琴吹さんはこの大学の卒業生で、院には上がらず、今は教授の助手として大学に勤めている。

教授や講師の先生はうんと年上だ。琴吹さんは数少ない若い助手で、課題以外の学生生活の話も大学の先輩として話しやすい。今の時期は温まりにくるという口実もあるけれど、助手控室は心が休まるお気に入りの場所でもある。

「今回の課題、今のまま進めていけばちゃんとA判定もらえるんじゃないかな」

「本当ですか？」

「ポイントは押さえながら、個性もちゃんとある。大変だと思うけど、教授はきっと気に入る作品だと思うよ」

「ちゃんと褒めてもらえるところがあるといいんですけど」

今回の課題は時間の形をテーマにデザインした作品を作ること。手をモチーフに時間の経過を表せる造形物を作ろうかと思い、そのラフスケッチを見てもらっていた。

課題に困った時も先輩のことを思い浮かべるとすんなりとアイディアが生まれてくる。手はその人を表す年輪のようなもの、といつか先輩が話していた。今回の作品は、赤ちゃんからおじいさんになるまでの一人の手をいくつも作ることになる。水粘土で作った原型を石膏取《せっこうど》りしてできた手を螺旋《らせん》階段のように渦を巻いて並べ、時間を表現する。

信頼できる琴吹さんから太鼓判をもらえたから、このまま作品に取りかかっても問題はなさそうだ。

ラフスケッチの紙をカバンに押し込んでいると、試すような声色で琴吹さんが口を開いた。

「小夜ちゃん、恋してるでしょ」

口をつけたマグカップの縁から確信を持った視線がこちらを向いている。彼女の切れ長の目に射貫《いぬ》かれた私は、ハの字に開いていたひざ下を固く閉じた。自然と爪先《つまさき》がグッと床を押す。

やっぱりね、と琴吹さんはさらに得意げな顔をしてみせた。

「もっと言うと、最近じゃなくて、二年になったくらいから」

正解？　と小首を傾《かし》げる姿に誘導されるように首を縦に振ってしまった。カバンに押し込もうとした紙がバラバラと床に溢《こぼ》れそうになるのを慌ててキャッチして、またカバンに戻す。

「なんでわかるんですか」

「作品に柔軟性と自信が出てきたからかな。それは恋愛のおかげかしらって」

「そんなことまでわかっちゃうんですか」

すごいなあ、としみじみと口にすると、目の前で琴吹さんは吹き出した。何がそんなにおかしいのかときょとんとしていると、彼女の手が肩に伸びてきた。

「ごめんごめん。作品を見ただけじゃ本当はわからないよ。よく小夜ちゃんが三年のアトリエにいるのを見かけてたから。三年に好きな人か彼氏がいるのかなって思って」

チリチリと鳴るストーブの音に反応したように顔の熱が上がっていくのを感じた。俯《うつむ》いてギュッとカバンを握りしめると、からかってごめんねと顔を覗き込まれた。

「作品がどんどん良くなってるのは本当。教授もよく小夜ちゃんの名前を出して褒めてるよ」

「本当ですか？」

「これは本当に、本当」

「信じます」

「よかった。で、その相手とは付き合ってるの？」

「まだ、と言うか、その人に好きな人がいると思うんで私なんか見てもらえてないかも」

「思うんで？　ただの仲良しなだけかもよ？」

「でも……」

「でもとか、私なんかって、自分を下げる言葉は自分の魅力も下げちゃうよ。何事も伝えないと始まらないんだから。好きな相手にアタックする時は自信満々で打席に立たなくちゃ」

　そういうものだろうか。そもそも先輩は私のことをどう思ってるんだろう。何も思っていなければボールは飛んでこない。それなのに打席に立っていたって、空振りどころかバットを振ることすらできない。

　前に若葉先輩と二人になった時、小夜ちゃんはハジメのことが好きでしょと言い当てられたことがあった。

　もしかしたら若葉先輩もハジメ先輩のことが好きなのかもしれないと思ったから、そんなことないですと否定をしたけれど、あっさりと嘘《うそ》だと見抜かれた。

　ハジメ先輩は日頃から私のことを気にしてくれて、まるで親鳥と、雛鳥の関係だと言われた。

そんな関係じゃいつまで経《た》っても恋人にはなれない。私は一人の女の子として気にかけてもらいたいし、好きになってもらいたい。

今以上を望むくせに、手にしているものが壊れていくのには耐えられない。散らばった幸せを集めてみたって、一息で吹き飛ばせる程度の自信にしかならなかった。

「想いを伝えたら、案外相手がその気になってくれるパターンもあるよ」

人の背中を押すことは簡単だ。もし失敗してこけてしまっても、責任は取ってもらえないし、傷は自分で癒やすしかない。

「恋愛も、作品も、人生も。アイディアや想いを形にしなくて、誰かのものになった時、私だって考えてたのになんて言ったって、後の祭りでしょ？　欲しいものや形にしたいものは、思った時に動かないと、誰かに取られちゃう。それで泣くなんて惨めじゃない」

ストーブに向けていた足先が、じりじりと燃えるような感覚に包まれる。

「あ、これ新しいコンペ情報。もし興味があるのがあったら」

手渡された募集要項の資料を受け取りながらも、琴吹さんの言葉が頭の中で繰り返される。

部屋を後にしてじんじんと熱を持っていた足先で冷えた廊下を踏み締めていくと、あっという間につま先が硬くなっていった。

誰にも取られたくない。

渡り廊下の向こうに三年のアトリエ教室が見える。蛍光灯が煌々《こうこう》と教室を照らしている。目を凝らすと、今日もまだハジメ先輩は教室に残っていた。

教室の扉から顔を覗かせると、先輩は一人で教室に積み上げられたチューハイの缶を眺めながらささやかな宴会をしていた。

「ちぃ」

そう呼ばれただけで、冷えた体が簡単に熱を取り戻す。

「今日は来ないのかと思った」

「琴吹さんに課題の相談してたんですけど、思ったより長くなって」

「あの人なんて言ってた」

「このまま進めたらAだろうって」

部屋を見回しても若葉先輩のいる気配はない。あるのは先輩一人の体と、アルミ缶で作られたロボットのオブジェ。一見すれば小学生の夏休みの工作みたいなものだけど、私の身長よりも大きい。アルミ缶の銀色がギラギラと蛍光灯の光を受けて気持ちを不安にさせた。

「若葉先輩は？」

「ちぃは若葉のこと本当好きだよな。今日はいないよ」

酔っ払っていても、先輩からはブルーベリーのガムの匂いがした。

隣に座るように促されて、普段は若葉先輩が座る定位置に腰を下ろす。

ロボットを見ていても、先輩の横顔の綺麗なラインが目の端にチラついて、この状況に集中できない。

ツンと尖《とが》った鼻が、男性らしい顔つきというよりは、中性的な印象を与える。柔らかそうな猫っ毛は後ろでちょこんと結ばれていた。

この席が私の席ならいいのに。

「先輩、ガム持ってます？」

慣れた手つきでガムが一枚ポケットから出てくる。受け取って顔の近くに持っていくとやっぱり先輩の匂いがした。

甘い匂いが鼻腔《びこう》にとどまってクラクラする。

欲しいものや形にしたいものは、思った時に動かないと、誰かに取られちゃう。それで泣くなんて惨めじゃない。

さっき琴吹さんにかけられた言葉が頭に浮かんできた。

今の私だ。

もしもを思って卑屈になる自分は酷《ひど》く惨めだ。

「飲む？」

掲げられたのは缶チューハイで、未成年なんでとやんわりと断りを入れて、震えそうな声を咳払《せきばら》いでごまかした。

こっそりと上着のポケットにガムをしまい込み、いつの時代からアトリエにあるか不明の冷蔵庫からウーロン茶を出す。一口飲むと苦い味が口に広がり、喉の奥がきりりとする。声帯の潤いを持っていかれたような不快感。伝えたい言葉が喉まで出かかっているのに、どうして私は呑み込んで苦い思いをするのだろう。

「今日暇？」

振り返ると、先輩は窺《うかが》うような視線をこちらに向けていた。

「なんでですか」

「家来て飲まない？　あ、もちろんお酒飲まなくてもいいけど」

じっと見つめると、先輩はばつが悪そうに首筋をかいた。その姿から視線を外さないでいると、

「うち散らかってるから、ちぃが嫌だったらあれだけど」

と言うから、ゆっくりと首を横に振った。唇を内側へ巻き込んで、ギュッと噛《か》み締める。上目遣いに先輩を見やると突然がばっと捕まえられた。

抱きしめられるような形で軽々と持ち上げられ、ぐるぐると回された。視界の端に映るロボットがミラーボールみたいに見える。子供の頃、遊園地のコーヒーカップに乗っ

た時、こんな風に、湧き上がる喜びを感じていた気がする。

軽いなと言われて、自分の体重を感じられていることが恥ずかしくて、ジタバタと手足を動かして抵抗するけど、先輩の腕は強く結ばれていて私の力では解《ほど》けなかった。

「よし、このまま家行くぞ」

急に離された手によって、なんの準備もなく私は床に足をついた。ぐらりと地面が揺らぐような感覚。今日の先輩はいつもと違う気がした。

これから先輩の家に行ける。どんな部屋で寝起きをしているのか、それを見るだけで今よりもっと先輩のことがわかるかもしれない。パーソナルスペースを覗けることはやっぱり嬉《うれ》しかった。

心の片隅で、もしかしたら、を期待している自分もいる。抱きしめられていた力の分だけ、心臓もギュッと締め付けられた。

先輩の家へ向かう途中、私は先輩に告白して見事にふられた。

なのに私たちの関係は一歩前に進んでしまった。キスをされて、一緒の布団で寝て、目が覚めたら大好きな人の顔が目の前にあった。嬉しくて、寝起きで声を上げそうになったけれど、ぐっと堪《こら》えてそっと先輩の髪に触れた。柔らかい毛は寝癖でくるくるしていて、いつもの甘い匂いとは違う、おとこのひとの匂いがした。

*

「どうしてそんなことになった」

ハジメ先輩との間に起きたことを深鈴《みすず》に話すと、人目もはばからずに詰め寄られた。

深鈴は高校の同級生で四年制大学に通っている。

今日は渋谷《しぶや》にある自然光に照らされた明るい喫茶店で待ち合わせをした。流行に敏感な彼女がここのチーズケーキが気になっていると言うからついてきた。私はたっぷりとしたカフェオレボウルに入った砂糖入りのカフェオレを、深鈴はブラックコーヒーを飲んでいた。

持ち手のないカフェオレボウルを慎重に扱いながら口をつけようとしたが、立ち上る湯気に尻込みした。

「どうって。私が聞きたい」

「告白したの？」

「した」

「どうやって」

どうと聞かれても困る。話の流れというものがある。三年生のアトリエで飲んだ後、ハジメ先輩の家に行こうってなって、その途中で今だと思ったから告白をした。

先輩と出会って、自分は森の中に紛れた落ち葉ではないと思えた。漠然と作品を作るんじゃなくて、目的を持って創作することが大切だって教えてもらった。

それから生まれ変わった気がした。落ち葉だったはずの自分が、腐葉土になって、そこから新しい芽が出たのだ。

みんな私が雛鳥みたいにハジメ先輩の後を追ってると言うけど、自分の中の黄緑色の柔らかな新芽はハジメ先輩が生み出してくれたもの。だからこんなにも惹《ひ》かれて、求めてしまうのかもしれない。

気がついた時には口から言葉が溢れ出していた。どれだけあなたのことが好きか、どれだけ大切に思って、必要としているか。

「好きな気持ちをストレートに伝えたよ」

「でも、ふられたんでしょ」

「ふられたんじゃないよ。彼女は作らないって」

「それふられてるから。で、なんでその後家に行くことになったの。気まずいでしょ」

それはこっちが聞きたいくらいだ。先輩はちっとも気にする様子もなく、泣きじゃくる私の手を引いて家まで連れていってくれたのだから。

「私が泣き止《や》まないから、かな。雨上がりで寒かったし」

「だとしてもよ、なんでキスしてくるの」

あーもうわからないと、眉毛をハの字にした深鈴は、目の前にあるチーズケーキを大雑把に切り、口へ運んだ直後、声を上げた。

「ああ！　最悪！　写真撮るの忘れた!!　感想のせるつもりだったのに！」

美味《おい》しいとか、味の感想の前に、怒りを爆発させ始めた深鈴をなだめるように、私は必死で頭を働かせた。どう言ったらあの素敵な時間を肯定してくれるだろうか。

思い出しても、砂糖漬けのさくらんぼのように甘くてぷちんと弾ける夢のような時間だった。ずっと憧れていた人の一部が自分と重なって溶け合っていく感覚。キスをされている間、私はムンクの絵を思い浮かべていた。このまま何枚もの絵になって、そのうち二人は一つに溶けて融合するんじゃないかと信じて疑わなかった。それくらい、温度のある、特別で清らかなふれあいだった。

「私もチーズケーキ頼むから、その写真撮ろっか」

店員さんにもう一つチーズケーキをと頼むと、深鈴はごめんねと言いながら凹《へこ》みのない美しい表面をフォークでぷすぷすと刺していた。

「小夜は最近インスタ更新しないね」

「うーん。特に載せるものもないし……」

「絵を載せたら？　自分の作品とかイラスト。今はインスタで仕事の依頼が来るようになる時代なんだから、小夜の絵だって可能性あるよ」

「コンペに出したりはするけど……」

「私は小夜の絵好きだよ」

深鈴は得意げに携帯の画面を見せてきた。待ち受け画面は私が彼女の卒業アルバムに描いたウサギの絵になっている。

「覚えてる？」

「私の絵」

「正解。また何か私のために描いてよ」

そんなのいくらでもするよとペンを取り出そうとすると、今はこれが気に入ってるからいいのと止められてしまった。

「深鈴は、最近いい人いないの？」

「いい人ねぇ。どうだろう。まあ、その小夜の好きな人の気持ちがわからなくもないって感じかな」

「どういうこと？」

「ちょうどいい距離感の、どうとでもなれちゃう相手って、いるだけで自分に自信が持てて安心できるから」

残酷と一言返すと、

「私たちってまだ若いし今付き合う相手と結婚するわけでもないんだから、そんなもんでしょ」
と言いながら、ブラックコーヒーに口をつけた彼女は私よりずっと大人びた女性に見えた。

課題の締め切りに向けて私はひたすら先輩の手を作り続けた。ふられたわけではないけれど、曖昧な関係が続くモヤがかかった気持ちを晴らすように作品に打ち込む。

先輩の手の資料はたくさんある。学内で撮った写真に写り込んだものや、日々スケッチしていたもの。流石《さすが》に子供の頃の手はわからないので、今度の課題で子供の手を作るためのサンプルを探していると話して、先輩と若葉先輩の子供の頃の写真を見せてもらった。先輩がはっきりと若葉先輩のことを恋愛対象として見ていないと発言してくれてから、その部分に関しての心の棘《とげ》は柔らかくなった。

二人は相変わらず仲がいいけれど、私と二人の関係も以前より深いものになっていて、最近ではしょっちゅう三人で固まっているようになった。その合間に、ハジメ先輩からこっそりと今日うちにおいでと誘われると、いくら課題のことで頭がいっぱいだったとしても、息抜きも必要と言い聞かせてつい自分を甘やかしてしまう。

何より、若葉先輩にはしないことを私にはしてくれることが嬉しかった。特別にされているという事実が自信を持たせてくれた。

先輩たちといる時間以外のほとんどは課題の制作にあてた。手は○歳から十年刻みで百歳までを想定して作る。造形がそこまで得意ではない私には、かなり苦戦をする課題だったけれど、時折ハジメ先輩が教室まで顔を出しアドバイスをくれた。

歳《とし》を取るごとに人の手はゆっくりと衰えていく。シワが増え、皮はたるみ、水分がなくなる。爪も張りがあったところから、栄養の抜けた頼りないものに変わっていく。その細かい変化を写真を見ながら丁寧に分析し教えてくれた。

肩が触れ合うほどの近さにいると、学校だとわかっていても二人きりの時のように体を擦り寄せたくなってしまう。

わかった？ と顔を覗き込まれてはっとする。こくこくと何度も頷くと、満足そうにあんまり無理するなよと笑いながら先輩は去って行った。先輩の指先も乾いた絵具で汚れていて、何か作っている最中だったのだろうか。

このまま作品を作り続けなければいけないのに、新しいアイディアが次から次へと浮かんできてしまう。先輩に会うとすぐにこうなってしまってダメだ。

もう本格的な冬なのに、今日の先輩は絵具に塗《まみ》れて襟ぐりの伸びた白のTシャツを着ていた。そんなのじゃ風邪を引いてしまうじゃないかと思ったけれど、チラチラと見え隠れする首元の奥の肌に私は釘付《くぎづ》けになってしまう。肌は白く艶やかに光っていた。動く度にうっすらとした胸の筋肉の形が見えて、いけないものを見ている気分になる。

上半身の裸は何度か見たことはある。けれど隠れているものが見え隠れするだけで、こんなにも胸が高鳴ってしまうものなのかと、男性の気持ちが少しわかるような気がしてドギマギしてしまう。

薄い胸板をクロッキー帳に鉛筆で描き写す。鍛えているわけではないその筋肉は、日々の生活の蓄積から生まれた筋肉なのだろうか。鉛筆を滑らせ、輪郭をかたどる。うっすらと隆起した胸を鉛筆の陰影だけで浮かび上がらせていく。目の前に見えたものを描き写す瞬間は自分が映写機になった気分になる。だんだんと熱がこもり、携帯で胸の筋肉の解剖図を調べた。筋肉の筋は規則正しく並び、動きに合わせて伸縮するそうだ。紙の上でピタリと止まった先輩の胸に筋肉の筋を足していく。線を一本一本と引く度に、命を吹き込んでいる感覚にぞくりとした。

もっとしっかりと先輩のことを描きたい、作品にしたい。彼は私のミューズだ。男の人をそう呼ぶのはどうかと思うけれど、芸術家の多くは自分だけのミューズを持っていた。その人がいるだけで曲が作れたり、創作意欲が湧いてきたりする人。ハジメ先輩は私にとってそういう存在だ。

けれど自分の作りたい作品を思う存分作るには、まずは目の前の課題を終わらせなくてはいけない。

そのまま二週間、寝る時間を削って作品に没頭した。

予定より早く完成した作品は自分でも満足のいくものだった。螺旋状に並んだ手の一つ一つが実物と大きさは違っても先輩の手だと思うだけで愛しい。残念なのは三十代以降の手はこうあって欲しいという願望でしかないところだろうか。ここから微調整はあったとしても、現時点で一番満足のいく課題作品ができた。

完成したその日は家で泥のように寝ていた。起きた時には翌朝になっていて、携帯にハジメ先輩からの着信が二件。留守電が一件入っていた。メッセージには手短に、今日何してる？　家に来ない？　というものだった。寝てしまっていた自分を酷く責めたかったけれど、連日の寝不足で体力も限界まで来ていた私が、これを聞いて先輩のもとへ行ったとしても電車で寝落ちして終着駅で駅員に起こされる姿まで想像できる。今回に関しては貴重な留守電ボイスが手に入ったと思うことにした。

それからもハジメ先輩をモチーフにした作品を作り続けた。スケッチならハイペースで描けば日に何枚も描き上げられる。描いて描いて描きまくった。主に横顔や、後ろ姿、自分の携帯で撮っていた写真をトレースしてみたり、印象的だった姿を描き起こしてみたりする。描けば描くほど私の手によって紙の上に先輩が浮かび上がっていく。お気に入りの漫画のキャラクターを描き起こすように、先輩の絵はどんどんと増えていく。部屋の中は先輩をモチーフにしたスケッチと絵で溢れていった。特に気に入っているものはマスキングテープを使ってペタペタと壁に貼り出した。部屋の中どこを見ても理想の先輩がいる状況に幸福感を覚える。

コンペの募集要項を見直していると、包装紙のデザインコンテストの紙が出てきた。実店舗で使うラッピング用の包装紙や、紙袋のデザイン。お店は十代から二十代の若者が使う大手の雑貨屋さんだ。

アイディアはすぐに浮かんだ。先輩がいつも噛んでいるガムや銀の包み紙をずらっと並べたデザインはどうだろう。背景はビビッドな色にして、ガムの絵も8ビット調にすればポップで可愛《かわい》くなるはずだ。

思いついてすぐラフを描き上げパソコンに向かう。ドット絵の参考にするために、部屋の片隅に置かれた先輩からもらった大量のガムから一枚取り出す。ジップロックのジッパー部分を開けるとモワッと甘い先輩の匂いが立ち上り、初めてキスをした日の記憶が生々しく蘇《よみがえ》った。

今も先輩の家に行っては同じことを繰り返している。空気に初々しさはなくなり、家に行けばキスをして、いちゃついて、そのまま一緒にベッドで寝るのが当たり前の流れだ。それでも、毎回唇が触れた最初の瞬間は新鮮で鼓動が一層速くなる。

薄い唇がためらいなく私の唇をはむ。先輩はベタついた唇が苦手らしく、張り切ってグロスをつけることをやめた。何度も甘噛みされて、痛いと小さく漏らしても同じ行為は繰り返されていく。その繰り返し。

銀紙や、破いた紙から飛び出したガムだけじゃつまらないと思い、唇をモチーフに追加してみた。先輩の唇を忠実に再現したい、その一心でチマチマとドットを打ち込む。けれど一向に納得のいくものができない。今まで撮ってきた膨大な写真の中から一番参考になりそうなものを選んでみるが、口元を拡大してみても8ビットという粗さの中では、あの繊細な唇は表現しきれなかった。線が雑になりすぎる。先輩の口元を忠実に再現するのであればきちんと描くか、粘土で作るのが一番だ。

作り上げた包装紙のデザインは、ビビッドな黄色の上に銀紙に包まれたガムや、紙から飛び出したガムが並んでいるものになった。なかなかレトロポップで可愛いその作品は、見事最優秀賞をもらい、実際の店舗で期間限定で使われることになったし、課題で作っていた先輩の手をモチーフにした作品も、教授による講評で「歳を重ねるという、人間の時間の蓄積がテーマとよく合っている」と随分褒めてもらえた。

今の私はなんだって表現できる気がする。イメージの源はハジメ先輩。包装紙に使わなかった唇のモチーフは別の作品に落とし込むことに決めた。

完全に自由な制作状況の中、何ができるだろう。できることがありすぎて困った。一枚絵にしてもいいし、唇というテーマで連作を作るのも楽しいだろう。絵の中に立体物を組み込むのもなかなか作りがいがありそうだ。唇というモチーフだけでこんなにもアイディアが溢れてくるんだ。ハジメ先輩の体のパーツをバラバラにして作品を作り上げたら、一体いくつ作品ができるだろうか。

新しい作品は、モザイクアートにすることに決めた。思い出は写真で見ることもできるけれど、語る口があるからこそ情景や感情を豊かに思い出すことができる。今まで撮影した写真を使って、先輩の唇をいかに忠実に再現できるかを突き詰めながら表現する。ただ写真を使って作るだけじゃ面白くない。手で切り貼りをして立体感を出すのがいいかもしれない。

制作している間、携帯の中に入っている写真を一枚一枚見返す度に思い出が蘇ってくる。最初の写真は出会った日のバベルの塔をモチーフにした絵の一枚だった。まだ完成前の作品を私は写真に収めていた。何度か画面を滑らせると時間はするりと進んでいく。完成した先輩の絵もしっかりと残っていた。絵の隣で先輩は戯《おど》けた顔で笑っている。この二枚は絶対に入れようと決めて写真を出力した。

素材はあっという間に百を優に超えて、作業スペースは紙で溢れかえった。周りからは、課題もないのに精力的だと言われたけれど、湧き上がった情熱は熱いうちに作品に落とし込まなくちゃ意味がない。

しかし、順調に進んでいた制作に陰りが見えた。

このところハジメ先輩は作品づくりに忙しく、あまり私に声をかけてくれなくなった。若葉先輩と三人で食べていた昼食も最近は一人で済ましている。

制作現場に顔を出すと粘土の塊の周りにはカップ麺やゼリー飲料、エナジードリンクの缶がずらりと並んでいる。

「これ、片付けますね」

一声かけても先輩は短く返事をするだけ。若葉先輩曰《いわ》く、課題の作品のために考えていたアイディアが他の人とかぶってしまったらしく、難航しているようだった。

「誰にだってある考え込んじゃうゾーンだからほっとけばそのうち元に戻るって」

若葉先輩はそう言って、心配してそわそわとする私をなだめてくれた。

ただじっと一点を見つめるハジメ先輩の姿は、悟りを開こうとしているようで、神聖な空気を纏《まと》っていた。声をかけてもその瞳の芯が私を映してくれないことに酷く傷ついた。

作りかけていたモザイクアートは、頭の中にあったはずの完成図が正解なのかわからなくなってしまった。ありきたりなものを作っているのかもしれない。

今まで溢れるように出てきたアイディアはパタリと浮かんでこなくなり、先輩と同じようにスケッチブックに向き合うだけの時間が増えてしまった。

私まで落ち込んでいたらどうしようもない。この間賞をいただいた包装紙と紙袋が実際の店舗で使われ始めたらしく、自分をはげますためにもお店に見に行くことに決めた。

誰かの日常に自分のデザインが関わっていることは私の夢の一つでもある。自分の夢が叶《かな》っている瞬間はきっとやる気をくれるだろう、そう確信して重い腰を上げた。

本店まで足を運ぶと、大型の雑貨屋さんだけあって所狭しと商品が飾られていた。何に使うのかわからない置物や、ユニークな貯金箱など、この空間にいるだけで宝探しをしているようでワクワクしてくる。

レジの方でお客さんが会計をしていた。店員さんは手際良く私のデザインした紙袋に商品を入れていく。この店特有の雑多な雰囲気と、レトロポップな包装紙のデザインはよく合っていて、お客さんが実際に紙袋を手にして帰っていく姿を何人か見ているとだんだんと自信が湧いてきた。

確実に私の夢は叶っている。私人に認められた。才能があるんだ。

女子高生らしき女の子二人組が、紙袋を顔の前に掲げてレジからこちらに向かって歩いてきた。

「紙袋変わったよね？」

「なんかこれ変じゃない？　色とか絵が気持ち悪い」

「前の方がよかったよね」

そう言って前を通り過ぎて行った。

棚に並べられた大量のシールを見るフリをしながら耳を欹《そばだ》てていた。喉の奥が詰まる感覚が押し寄せてきて、唇を強く嚙みしめると口の中に鉄の味が滲む。

たった二人に言われた言葉。たった二人だ。そう思って気持ちを強く持って店を後にした。

やっぱり自分のデザインは人に求められていないんじゃないか。いや、先輩というミューズが現れてから私はなんだって作り出せたじゃないか。実際あのデザインだって一番いいものとして認められているわけだし。そうやって自分に言い聞かせても欠け落ちた自信のかけらは元に戻ってはくれない。

ただ先輩に一言「大丈夫だよ」と言って欲しかった。


今日も石油ストーブがじりじりと音を立てて熱を発している。その前に座り込み、別に冷えてもいないのに手をかざして温めてみた。

あれから数日経ったけれどまだ感情は低空飛行を続けていた。先輩も相変わらず。誰でもいいから話を聞いてもらいたくて、私は琴吹さんを訪ねた。

「デザインには好き好きがあるから。いちいち気にしてたらやってられないよ」

「そうなんですけど」

「批判的な意見は参考にする。そういうマインドに変えたらもう少し楽なんじゃやない？」

どうして琴吹さんはそんなに強い気持ちを持てるのだろう。

「参考ですか」

「今回は色みが原因なんだと思う。黄色のベースに、薄紫のガムの色だと結構毒々しいイメージでしょ。お店のイメージには合ってると思うけど、可愛いものが好きな子からしたらちょっと個性的すぎる」

「確かに」

「これ、ベースカラーがピンクだったらコントラストが抑えられて色の馴染《なじ》みも良くなるんじゃない」

琴吹さんの言うことはあまりにも的確で返す言葉がない。

「私は小夜ちゃんのデザイン好きだけどね。それにちゃんとお店の人が選んでくれたデザインなんだから、自信持っていいのよ」

「これからは商業的なものを作る時はもう少し、間を取るってことを考えてみます」

「そうね。でもそればっかり気にしても楽しくないから、今回みたいに楽しんで作品を作ってね」

少しだけ、自尊心が取り戻せた気になれた。信頼できる人の言葉は心強い。

デスクの椅子に足を組んで座っている琴吹さんは年齢も精神的にも私よりずっと大人

だ。

「あれから好きな人とは進展なし？」

突然の話題転換に息を呑んでしまう。喉が変な音を立てて鳴ると、琴吹さんは吹き出して笑っていた。恥ずかしさを噛み殺しながら重たい口を開く。

「まあ……。最近は忙しくて前みたいにかまってもらえないんです。しょうがないのはわかってるんですけど、やっぱり安心したくて」

「告白は？　したの？」

告白という言葉が、乾燥した空気の中、まっすぐに胸に突き刺さった。あの空振りの告白の記憶は今もはっきりと思い出せる。勇気を振り絞って口にした思いは伝わったけど、あの時は通じ合えはしなかった。

「したけど、その時は彼女は作らないって。結局そのまま曖昧な関係でずるずるって。高校生の時はそんな経験したことなくて。もっとはっきりした関係が多かったから。……大学生の恋愛ってそんなもんですかね」

「人によるけど、そういう人はふらふらして楽しんで、美味しいところだけ食べていくみたいな人なのかもね」

美味しいところ、と私は口の中で唱えた。

先輩は決して体を求めてはこない。そういった点では美味しいところをつまみ食いというのとは違うはずだ。体が目的であれば、チャンスはいくらでもあった。私には先輩に大切にされているのか、飼い殺しにされているのかわからない。

「どちらにしても、小夜ちゃんがもう一歩踏み込まないと、あっけなく誰かに取られちゃうかもよ？」

ストーブがパチンと音を立てて、思わず手を引っ込めた。

一歩踏み込まないと誰かに取られちゃう。同じようなことを先輩が粘土の塊に向かいながら言っていた。自分が迷って躊躇《ちゅうちょ》したから別のやつにアイディアを取られてしまったって。取られたわけじゃないですよとなだめたかったけど、放つオーラがあまりにも刺々《とげとげ》しくて怯《ひる》んでしまった。

結局あの時は散らかっていたゴミを綺麗に片付けて、捨てるふりをしてこっそりと家に持ち帰った。私の創作意欲が戻った時にきっと役に立つはずだから。

数日後「今から来れる？」と短いメッセージが携帯に入っていた。その短い一文だけでも飛び上がるほど嬉しかった。一秒で読めてしまう文字列を何度も何度も目で追う。一文字一文字が胸を幸福で満たしてくれる。

夕焼けの赤い空は、染め上げられた心がそのまま映されているようで足取りが軽くなる。マフラーと手袋が手放せないくらい寒さはきつくなっていて、先輩の家までの道を縮こまりながら早足で歩いた。

一秒でも早く会いたい。会って最近あったことを話して、大丈夫だよと頭を優しく撫でてもらいたくてしょうがない。それからハジメ先輩の瞳に映る自分の姿を確認したかった。

スピッツの『チェリー』を口ずさむ。初めてキスをした日に部屋で流れていた曲。あの日以来この曲が頭から離れないでいる。愛してると自分に言い聞かせれば、強くなれる。そう信じて疑わないようになりたい。サビのフレーズを繰り返す度、私はこの歌が好きになっていく。

もう着きますと連絡を入れると、鍵は開いてるからと返事があった。寒さから逃げるように部屋に入ると、ハジメ先輩は珍しくテレビを観ながら笑っていた。

「いらっしゃい」

笑いながらひらひらと手を振り、またテレビに視線を戻す。久しぶりに見た笑顔に、張り詰めていた心が一瞬でほぐれた。何を観ているか問いかけるとお笑いだよと返ってくる。楽しそうで良かったと返しながら、視線は自然と床に向けられた。

ハジメ先輩に擦り寄ると、今日はあまりガムの匂いがしなかった。代わりにファンタグレープの匂いがふわりとする。テーブルの上に、飲みかけのファンタのペットボトルがあった。

「ちぃも飲む？」

久しぶりに呼ばれたその名前に目がじんと潤んだ。上ずった声でくださいと返すと、先輩は笑いながらファンタを取ってくれた。

蓋《ふた》を回すと弾けるような炭酸の抜ける音。口をつけた瞬間に横から間接キッスだと茶々が入る。

「いいじゃないですか」

一口飲んだファンタはぬるくて、喉が焼けるように甘く感じた。

その後もダラダラと二人でネタ番組を観て、たくさん笑った。同じタイミングで笑うことがあると、それだけで私たちの相性は最高なんじゃないかと満たされた気持ちになる。お菓子の小袋が空になるとベッドの横にあるゴミ箱に袋を捨てた。

先輩は床に腰を下ろし、私はベッドから背中を眺めている。そっと肩甲骨に手を伸ばすと、触れた瞬間にひゅっと体を縮めて身をかわされ、何？　と聞かれた。

「ハジメ先輩の背中が綺麗で」

「ただひょろいだけなんだけどなあ」

「それがいいんです」

とっても綺麗なんですよと言いながら私はカバンからハガキサイズのスケッチブックを取り出した。

先輩はそのまま背中を向けてテレビを観続ける。

「課題、どうです？」

あまり重くなりすぎないように窺うと、ボチボチとこちらを見ずに返事をした。

「気分転換も必要だから」

「ですか」

先輩の言葉が嬉しくてにやけてしまう唇を嚙み締めてどうにか堪えた。

この流れで先輩がその気になってくれないかなと期待してしまう。触れてもらえることを待ちわびながらスケッチブックにペンを走らせる。久しぶりに浮かんだアイディアは先輩の裸だった。上半身しか見たことのない裸を想像して、目の前にある背中の布を小さな紙の上で脱がしていく。無駄な肉のない美しい背中。それはキスをして体に手を回した時に感じていた。肩甲骨の浮き上がり方、引き締まった腰回り。抱きしめた時の体の薄さ。どれもが愛おしかった。

創作意欲が満ち溢れてくる。先輩の体を描いて、描いて、作品にしたい。これはダビデ像にも負けない美しい作品になるはずだ。

体を描いた後、新しいページに骨格を描いていく。皮膚の下を想像し、背骨を描き込む。昔読んだ人体の本を思い出し、頸椎《けいつい》、胸椎、腰椎、そして肋骨《ろっこつ》と続けていく。筋肉の筋を描くことも楽しかったけれど、体の骨組みを描いていくと、不思議とぞくぞくした。手のひらサイズの紙の上で相手の体を掌握している感覚。描き続けていると、目の前の先輩は本当は人形なのではないかと思えてきた。

ハジメ先輩と名前を呼んでみる。声にならないかすれた声が届いたのか、彼は小さく返事をした。ベッドを降り体を寄せてみると、厚手のスウェットの上からでも、絵に描いたみたいに余分なものがないことがわかる体に触れた。背中に頰を当てると、背骨のいくつかがゴツゴツと当たる。

もう一度名前を呼び振り返った顔に唇を重ねてみるけれど、突然の出来事に彼の唇ではなく、お互いの歯ががつんとぶつかってしまう。色気のないキスにクスリと笑われて、顔が火照《ほて》るのを感じた。

「したいの？」

「来た時から」

言えばいいのにと言って、先輩は優しく何度も唇を重ねてくれた。薄い唇が何度も重なる。その度に私の中でどうしてという感情が積み重なっていく。どうしてこんなに優しくしてくれるのだろう。

「どうしてですか」

頰に添えられていた手が緩むのを感じた。

「ハジメ先輩は特定の人は作らないって言ったのに、どうして優しくしてくれるんですか」

「優しくしてるかな？」

「キスしてくれるじゃないですか」

それって優しさ？　と問われた。優しさじゃなかったならなんだと言うんだろうか。

「他にもこういうことしてる人がいるんですか？」

先輩は急に真顔になって押し黙った。

私はさっき見てしまった。ベッドの横に置かれたゴミ箱の中身。先輩は私と体の関係を持とうとしないけれど、ゴミ箱の中に封を切ったゴムの袋が捨てられていた。平静を装っていたけれど、湧き上がる気持ちは抑えられなかった。誰かに取られたくない。もう私のものにしたい。

「これ、誰と使ったんですか」

ゴミ箱から拾い上げたゴムの袋を見せると、彼の顔からさっと色がなくなった。乱暴に手から袋がむしり取られ、肩を突き飛ばされる。

なぜ私が突き飛ばされないといけないのか。好きな人のことを隅々まで、余すところなく独占したいだけなのに。真実が知りたいだけだ。先輩の全部を知って、その上で好きでいたい。

「誰と使ったんですか？　まさか一人なんて言わないですよね。家の中に他の女の子の髪の毛が落ちてたことありましたもん。あと、洗濯物にあった知らないTシャツ。あれ、誰のです？　先輩、特定の人は作りたくないって言ってたけど、本当は誰かと付き合ってるんじゃないんですか？」

自分を不安にさせる原因を絶ちたいだけなのに、疑問を重ねるほど怒りと悲しみと悔しさがめちゃくちゃな順番で押し寄せてくる。今まで気にしていないフリをしていた分、いざ言葉にして伝えようと試みると、言葉を紡ぐのさえ苦しくて先輩の顔を見ている余裕もなかった。床に落ちている私のものじゃない髪の毛を見ながら感情を吐き出した。

「誰とも付き合ってない」

先輩の表情からはさっきまでの焦りがなくなり、困惑の色が浮かんでいる。

今度は私が押し黙る方になった。

表情から真意を読み取ろうとしても、焦点が定まらない。誰とも付き合っていないのなら、見つけた女性の影は思い違いだったというのだろうか。

背を向けてしまった先輩の体に手を伸ばし巻きつけるけれど、拒絶はされなかった。

「じゃあ、一人で使ったって言うんですか？」

「関係ない」

言葉にある棘とは裏腹に先輩は回した私の手を優しく撫でてくれる。それだけで強張《こわば》った顔の筋肉が自然と緩んでしまう。

「でも、その人とは付き合ってない」

「それは、私と同じ理由ですか？」

「どういうこと」

「特定の人は作りたくないって。死ぬ時に後悔することは減らしておきたいって、先輩言ったじゃないですか」

先輩はすっくと立ち上がった。巻きつけていた腕は簡単に解けてしまった。飲み切ったペットボトルを台所へ持っていき、冷蔵庫からいつもより荒い動作で新しいビールを取り出した。プルタブを開ける音だけが鳴って、先輩はぐびりと口をつけた。

「なんでそんなことが気になるの」

台所から先輩はそう言った。

「先輩のことが好きだからです。先輩のこと独り占めしたいから気になるんです」

高校生までの恋愛はお互い好きなら付き合う、それしか知らなかった。あの頃からしたら大学生はとっても大人で、それでも恋愛の形は変わらないと思っていた。漫画や小説では浮気をしたとかされたとか、二人の間にある障害で恋が実らないってことはあったけど、それは創作の中での話で、現実には起こらないと思っていた。気持ちが通じ合えば好きな人と付き合えてきたから。

「その人のこと好きなんですか」

先輩は、好きなのかもねと曖昧に答えた。

「私のことは？」

今度はごめんと黙ってしまった。何に対して謝っているのか私には理解ができなかった。

「先輩何か悪いことしました？」

「したんじゃないかな」

「私とっても幸せですよ。こうやって二人でいられるのも全部特別です。先輩にならなんでもしてあげられると思います」

「そう言うけど、ちぃだって誰でもいいんでしょ」

床が軋む音がする。先輩がゆっくりと近づいてくる。部屋の明かりが薄暗くてもう随分夜が深くなったことを感じた。

「ふられたのにのこのこ家についてきて、キスされてさ。それの繰り返し」

「先輩のことが好きだから」

「俺のやってることとなんにも変わんないんだって。受け入れてくれる相手に甘えてるだけで。関係が続けばいいと思ってる」

今日はもう先輩から甘い匂いはしない。

飛びつくように先輩に抱きついた。その勢いで溢《こぼ》れたビールでお互いの洋服が濡れる。

独特の匂いが鼻についたけれど、かまわずに自分の顔を先輩の顔に寄せた。

背の高い先輩とは立っているままではキスができない。必死に爪先立ちをするけれど、顎先《あごさき》に唇をつけるのが精一杯だった。

「もう、やめよ、こんなの」

気怠《けだる》そうに引き剝《は》がしてくる手を拒みながら、私は必死でしがみつく。嫌ですと抵抗し、しましょうと伝えると、さらに強く拒まれた。それに逆らうように私も絶対に離れようとしなかった。

「しましょうよ。ね？　私、全然大丈夫ですから。だから」

私たちはもみ合いながら、先輩が下になる形でベッドになだれ込んだ。

「できない」

先輩は天井を仰いだまま言った。

「私とじゃできないんですか？」

覆いかぶさったまま、鼻先がくっつくほどの距離で言葉を交わす。私じゃダメなんですかと続けると、力なく首を横に振られた。

「誰とも」

勃《た》たないんだよ、俺。

先輩はそう続けた。だから、誰ともできないと。

「キスしても、好きな人といても、どうともなれないんだよ。好きな人とならできるかもって思ったけど、結局いつも直前でダメになっちゃってさ」

私は今、もう一度ふられている。先輩にはやっぱり好きな人がいた。でもこんな風に胸の内の弱さを話してくれていることが嬉しくて、切なくてしょうがなかった。

先輩に抱きついた。力の限り、言葉で伝えきれない思いを腕に込めた。

「痛いよ」

私から逃げようとする体に必死でしがみついた。

「何？　同情？　そういうのいいから」

「違います」

体の下から伸びた脚が、私の腹部を思い切り蹴《け》り上げた。突然の衝撃と痛みに吹き飛ばされて、床に這《は》いつくばって腹を抱えて咳《せ》き込む。

目の前に両足が見える。グレーの靴下の先が擦れてもうすぐ破けそうだ。新しい靴下をあげないと。

「小夜といると疲れる」

もう帰ってとカバンを投げられた。

酷いことをされて、酷いことを言われた。床に転がったまま動けない。

何が悪かったのか、どうすれば良かったのか、涙も出ない悲しみの中で必死に考えるけれど、思考は途中で止まってしまう。この人に求められる人になりたい。

ガチャンと鈍い金属音がする。ほぼ同時に玄関のドアが開き、この家の住人ではない人物が入ってきた。

「連絡してるのになんで返事しないわけ？」

そう言って、マフラーを緩めているのは、琴吹さんだった。

彼女は床に伏せている私に気づいていないようで、靴を脱ぎ、慣れた様子で部屋の中に上がり込んでくる。長い髪がマフラーからふわりとこぼれた。

1Kの部屋に、男ひとり、女ふたりになった。

先輩の顔は今までに見たことのない硬直の表情を浮かべていた。この部屋に出入りしていた先輩の好きな人が誰なのか、私はようやく理解することになった。

こんなことがあるだろうか。身近な、信頼している人たちに続けて裏切られた。内臓が丸ごと外に取り出されたような、気持ちの悪い空洞を体内に感じる。

口の中に溜《た》まった酸っぱい胃液を無理やり喉の奥に押しやった。

「琴吹さん」

そう言うのが精一杯だった。

ハジメ先輩はごめんと口にしたが何に謝っているかわからない。

私の細い声で、琴吹さんはやっとこの部屋に私がいることに気づいてくれた。彼女は足を止め、狭い部屋の中で床に転がった私と、ベッドの前に立っている先輩を何も言わずに見比べた。

そしてにこりと笑ったのだ。

「どうして返事してくれなかったの」

「ごめん、携帯見てなかった」

「いいけど。朝忘れ物したから取りにきたかったの」

彼女はもう私なんてここにいないかのように、脱衣所の方へと入っていった。

先輩も同じで、ばつの悪い表情を浮かべたまま吸い込まれるように脱衣所の方へと向かっていく。

行かないでと伸ばした手は、空気だけを摑んで床に落ちた。

脱衣所から声が漏れ聞こえる。ごめんとか違うんだとか、そういう言い訳めいた言葉の断片。先輩が必死になっている。必死になればなるほど、琴吹さんの声は明るくよく通るように耳に届いてくる。その明るさがなんの悪意もはらんでいなくて、まっすぐな言葉が矢のように体を突き抜けていく。

左耳のピアスをつけながら、琴吹さんが脱衣所から出てきて、金魚の糞《ふん》みたいにハジメ先輩も後に続いている。明らかに立場が下で、情けなくて、この女の人に全てを握られている感じ。

もう行くねと、彼女は躊躇《ためら》いもなくキスをした。

最後にこちらに向かってこう言った。

「だから言ったでしょ。誰かに取られちゃうよって」

ドアの閉まる鈍い音と共に、彼女は部屋から姿を消した。

私は脇に転がったカバンを引っ掴み、転がるように部屋を出た。目の裏側で赤と青がチカチカと点滅している。一つは怒りで、一つは悲しみ。二つの色は次第に混ざり合って紫色になる。これはなんの感情だろうか。考える暇もなくあの女に掴みかかりたかった。あまりにも酷い仕打ちではないか。

マンションの外に出て道を走ると、すぐに琴吹さんの背中が見えた。できる限りの声を振り絞り彼女の名前を呼ぶと、すんなりと立ち止まり、彼女は振り返った。学内にいる時とは違う、妖艶な眼差《まなざ》しがこちらに向けられる。

「先輩と付き合ってるんですか」

「付き合ってないよ」

「先輩もそう言ってました。先輩のこと、好きじゃないんですか?」

好きか、とポツリと呟《つぶや》く。

「あの子が私のこと好きだってついて回るから、それならその気持ちに応えてあげてもいいかなって。私たちの関係はそんな感じ。友達、ではないけど、友達以上恋人未満ってことかな。小夜ちゃんも同じでしょ？」

同じじゃない。全然同じなんかじゃない。

「先輩の気持ちにちゃんと応えてあげようとは思わないんですか」

「応えてるでしょ？　だからちょっと体触らせてあげたり、キスしてあげたりしてる」

ギュッと手を握り締めると、爪がどんどん手のひらの柔らかい肉を痛めつけていく。

「子供の恋愛と違って、大人には都合のいい関係ってものがあるの」

「それくらい、私だって知ってます」

「あなたたち二人の関係もそうだもんね」

友達以上恋人未満なんでしょ、と彼女は挑発的に音にした。

なんなんだこの人は。私の神経を逆撫でする。いつも会っている琴吹さんとはまるで別人だ。

「ねえ、誰が悪いと思う？」

「誰って……」

答えが見つからなくて言い淀《よど》んだ。

「誰も悪くないの。だって私たちみんなわかってたんだから、これが都合のいい関係だって」

「でも、振り向いてくれる可能性だって考えるじゃないですか」

「その考えが子供だっていうの。恋愛にもしもはないの。あるとしたら、相手の好意につけ込むか、魔が差したか」

ハジメ先輩は私の好意につけ込んでいたのだろうか。

「あなたが思うほど、夢ばっかりじゃない。もっと現実を見た方がこれから先の自分のためだと思うけど」

「じゃあ、琴吹さんはなんで優しくするんですか。ハジメ先輩にもちゃんと可能性がないってわからせてあげてくださいよ」

食らいつくように言葉を返すと、彼女はうんざりしたようにため息をついた。

「あなたと一緒。結局わからない人は元の場所に戻ってくるの。私も悪い気はしないから、暇つぶしに付き合ってあげてるだけ。選ばれたのは私、あなたは穴うめってとこかしらね」

強烈な言葉を言い放ち、また明日と、彼女はヒールの音を響かせ帰っていった。

冷たい風にさらされながらその場に立ち尽くすしかなかった。コートはハジメ先輩の家に置いてきてしまったけど、取りに戻ったら先輩はどんな顔で私を迎えるだろう。

空が落ちてきそうなほどの絶望が押し寄せてきた。

認めて欲しくて、笑って欲しくて、あの人が求める女の子になりたかった。そうしたらいつか好きになってもらえると信じて走ってきたのに。意味のないことだったのかな。

ミューズである彼に出会えたから、私は強くいられるようになったのに。

だから繫ぎ止めなくちゃ。

自分から一度もかけたことのなかった先輩の番号を選択する、発信ボタンを押すのに手が震えた。

プププと音がしてから耳の奥で呼び出し音が鳴る。一回、二回、三回。四回半でプッリと切れた。

ただいま、電話に出ることができません。ぴーっという発信音の後に、お名前と、ご用件をお話しください。というアナウンスが無機質に流れる。

もう一度かけてもすぐに同じアナウンスが耳元で流れた。四回目でアナウンスは聞こえなくなった。

ツー、ツー、ツー、という空っぽの電子音が永遠に続いた。

「あれ、おかしいな」

思わず笑みが溢れる。何度ハジメ先輩の番号にかけても、同じ音しか聞こえなくなってしまった。

「なんで繫がらなくなっちゃったんだろ」

口角が自然と持ち上がり、それに反応するように涙腺が緩んでいく。泣くもんかと堪えたって、変な笑い声と共に涙が一粒、二粒と流れ出た。

先輩にとって私はどんな存在だったんだろう。お菓子についてるおまけくらいの存在なのかな。買ったらついてきた、みたいな。そのうち部屋のどこかに転がって、引っ越す時に棚の裏側から出てきちゃうような、そんな存在だったら嫌だな。

でも、そんな存在だからあっけなく切られちゃうのか。

風は相変わらず私の体を冷やして通り過ぎていく。置いてきたコートを取りに行けるはずもなく、この冷たい風がやるせなさまで吹き飛ばしてくれればいいのにと思った。家まで歩いて帰ったらどのくらいかかるだろうか。悲しみを地面に踏み入れて無理やりにでも前に進まないと体がバラバラに崩れてしまいそうだ。

琴吹さんが言うように、私は子供だったのかもしれない。恋愛漫画みたいに自分のことを一発逆転が起きる主人公だと思って自惚《うぬぼ》れていた。自分にだってチャンスが回ってくるって、恋も夢も全部手に入れられると勘違いしていた。現実はもっとシビアで優しくなんかない。こんなにあっさりと幕引きとなってしまうのだ。

好きだとは一度も言われなかった。もっと早くに気がつくべきだったんだ。盲目になって必死に先輩を庇《かば》っていた数分前までの自分が哀れに思える。

初めてキスされた時にかかっていたスピッツの『チェリー』。「愛してる」の響きだけで強くなれる気がしたよと歌っていたあの歌詞は、浮かれた気持ちのことだと思っていた。けれど、本当は失恋の曲だったんだと今になって気がついた。

足元に光が差した。視線を上げればコンビニの明かりが目に痛いくらいで、私は目を細める。コンビニのライトに近づきすぎた季節はずれの蛾《が》がバチバチと音を立てながら焼けていた。細い煙が空に向かって昇っていく。私だけに見られて蛾は焼け死んだ。

甘くて淡い色の記憶が虫食いのようにまだらに黒く変色していく。涙はもう形をなくし、抱えていた悲しみは憤りにぐにゃりと形を変えていった。一緒にいた時間も作った作品も、何もかもが馬鹿馬鹿しく薄汚く感じる。

もう誰かのための自分にはなりたくない。そのままの私を認めて欲しい。

携帯の中の先輩の連絡先も写真も、全部いっぺんに消した。形のない思い出を捨てるのはボタン一つ。何千という思い出は、消しくずにもなれずあっけなく目に見えないどこかへ消えていった。こんなに簡単なことだったのか。

歩き出してしまえばあんなにまぶしかったコンビニの明かりはあっという間に目に見えなくなって、私はまた暗い夜道を一人歩いた。夜は深く、上も下もたっぷりとした黒が視界を染めていく。風は相変わらず刺すように冷たくて、指の先も、頬の高いところも、風が撫でる度に細胞が死んでいく気がした。

5・小夜

晴天に恵まれたこの日。緑色の木々に交ざり、夏の色を落とし始めた芝の上でコスモスの花が揺れていた。

柔らかい日の光が差し込むチャペルのバージンロードの終着点に立つ僕は肩の力が抜けないまま花嫁が到着するのを待った。流れるような旋律が聞こえると背後で扉が開き、お義父《とう》さんと共にウエディングドレス姿の小夜《さや》が一歩一歩確かめるように歩を進める。

生成り色のドレスは随分とシンプルだけれど、ウエストから滑らかに落ちていくたっぷりとした布が、動く度に微《かす》かに揺れた。彼女によく似合っている。

ベールをそっと持ち上げると、小夜の素顔が差し込んだ日の光に照らされ、白く発光した。いつもとは違うメイク、そして場の雰囲気にドギマギしてしまい、どうにか笑おうと試みるけれど、笑顔を作ろうとすればするほど表情は硬くなっていく。この日のことを何度も頭の中でシミュレーションしたというのに、僕はどうしてこうも本番に弱いのだろう。そんな僕のことを彼女は笑みを浮かべ見上げていた。

誓いのキスをと促され目線を唇へ落とすと、薄桃色のリップがみずみずしく主張をしていた。初めてキスをした時を思い出すほどの高鳴りを左胸に感じながら、僕は彼女の肩に手をのせる。光沢のあるグレーのタキシードは少しだけ生地が硬く動き辛《づら》い。ふと袖口を見ると糸がほつれ、ボタンが今にも取れそうだった。どこかに引っかけたのかもしれない。大切な晴れの日にこんなことがあるだろうか。プロポーズといい、指輪といい、僕は大事な時にいつも小さなミスをしてしまうなと自嘲する。

僕はゆっくりと首を傾け小夜に顔を近づける。親族に見守られながらする誓いのキスは数秒の出来事のはずなのに、突然世界がスローモーションになった。自分の息遣い、そっと目を閉じる小夜の瞼《まぶた》に、まつ毛の揺れ。それらを確かに感じながらふんわりとした彼女の唇が自分のものと重なった。

小夜の肩をそっと摑《つか》んだまま顔を離すと、彼女ははにかんでいた。そのあどけない表情にわずかに顔が上気する。先程までの緊張はどこへいったのか、随分と気持ちに余裕のできた僕はさらに彼女を笑顔にしようとボタンと声には出さず伝えてみた。視線を落とし袖口のほつれを見つけた彼女は表情をなくし、じっとぶら下がったボタンを見つめていた。

「こっちを向いてください。笑顔で」

カメラマンがこちらにレンズを向けて手を振っている。焦ったようにそちらを見ると、新郎さんもっと笑ってくださいと言われてしまった。すぐに口角を上げようとする。

「葉《よう》さん、顔硬すぎるよ」

そう言って小夜はカメラに向かい、何事もなかったかのように笑みを浮かべている。

彼女の薬指には銀色の指輪が輝いていた。


小夜は僕にとって行きつけのコーヒーショップの店員さんだった。それが一変したきっかけは彼女が僕のオーダーを覚えていてくれたからだった。仕事熱心な子なんだなと感心したのを今でもよく覚えている。あの時のイラストを描いてくれたカップは僕が持つには少々可愛《かわい》すぎたけれど、自然と気持ちが柔らかくなった。

そこから店に行くと軽い会釈を交わして微笑《ほほえ》み合い、「いつもので」という魔法の言葉が僕たちの間に生まれた。カップにはイラストとメッセージがいつも書かれていて、それを読むことが一日の楽しみになり、少しずつ交わす言葉も増えていった。彼女への好意と興味は日を追うごとに大きくなっていった。

気になっているだけじゃ何も始まらないと、思い切ってデートに誘うと、驚きながらも快諾してくれた。彼女は細かいところによく気がつき、時折冗談を交えながら話すところは僕なんかよりずっとユーモアのセンスがある人だと感じた。何より、会う度に纏《まと》う雰囲気がわずかに変わるところに心を惹《ひ》かれたのだ。髪を切ったわけでも、服の趣味が変わったわけでもなく、ただなんとなく人の匂いが違う気がして彼女のことをもっと近くで見ていたいと思った。

一時期美大に通っていた彼女は美術への関心が強く、よく上野《うえの》の美術館にデートに行きたがった。僕には芸術のことはよくわからなくて共感ができなかったから、同じ上野に行くのなら、二人で楽しさを共有できる動物園に行こうと誘ったけれど、

「思ってるよりパンダは白くないし、シマウマは変な鳴き声だから。知ってた？」

と、とんちんかんな答えを返し、彼女は動物園に行くことを拒んだ。そのくせ、上野に売っていたという、両手足がなくなったボロボロのパンダのキーホルダーをずっと使っている。新しいキーケースを買おうと提案しても、「このパンダが首だけになるまで嫌」と珍しく頑《かたく》なだった。

プロポーズの答えを渋っていた彼女だったが、結婚を正式に決めてからは急に前のめりになっていった。僕はというと、結婚しようと彼女を信じて待っていたものの、結婚式のイメージはあまりにも漠然としていた。会場や衣装、式の日取りなど、女性の方が圧倒的に理解も行動も早い。その結果、小夜に教えてもらうことばかりだった。彼女は招待状の作成や空間演出、ウエディングケーキのデザインなど、自分でできることは全てやりたいと言い出した。人生の晴れ舞台だから完璧《かんぺき》にしたいの、と意気揚々と結婚情報誌をめくる姿は、僕の今まで向き合ってきた小夜とはまた少し違って見えた。

彼女はいつも一歩後ろから僕の様子を窺《うかが》いつつ自分の意見を口にしていた。美大に通っていた頃の話を彼女はしたがらないが、こんな風に日々作品に向き合い、生き生きと自分の内側に湧き上がる感情や発想を作品に昇華させていたのだろうか。

式場の下見をしている時、中庭の真ん中に立つ大きなシイノキを見た彼女は目を輝かせながら駆け出し、全体をぐるりと見渡した。

「このシンボルツリーの周りに真っ白なパラソルを立てて、丸いテーブルを置いていくの。薄いブルーのテーブルクロス、できればサテンみたいに光沢のあるものを敷いたら全体が華やいだ印象になるかな。テーブルの上にはそれぞれカラーの違うお花を飾ったらもっと素敵かも。葉さんが自然が好きだからガーデンウエディングがいいと思ってたけど、ここならその条件にも合うしどうかな？」

そう言って中庭を動き回り考えついたプランを身振り手振りを交え次々に説明してくれた。

「小夜がこんなに結婚式に前向きなんて驚きだよ」

「私ね、すごくワクワクしてるの。なんかこう、初めて葉さんと一緒に作品を作ってるような気がして。頭の中にアイディアが溢《あふ》れてて、それをどこまで形にできるだろうかって」

と少女のように無邪気に語った。

僕らは寝る間を惜しんで一緒に会場のデザインを考え、招待状やウェルカムボードなどを次々と作り上げていった。

プロポーズの時、指輪の種類を理解せずに結婚指輪を渡してしまった僕。指輪が一つじゃ恰好《かっこう》がつかないからと改めて婚約指輪を買おうと提案すると、彼女はこれが一つあれば十分と言った。ぶかぶかの指輪をはめて笑いながら、葉さんが選んでくれたんだからこれだけでいいのと。

サイズを直すためにジュエリーショップに行った時、今度は彼女が僕の結婚指輪を選んでくれた。似たデザインのものだと指が太く短く見えるからと、僕はデザインの違う細身のリングをつけることになった。けれど結婚指輪はお揃《そろ》いであるべきではないかと不安になった僕は、ある日やっぱり同じものをつけなくていいのかと小夜に改めて聞くと、

「パートナーがいますの証《あかし》だから同じじゃなくてもいいの」

と左手を意味ありげにこちらに見せた。

「だから葉さん、私が見てないからって仕事中に外したりしたら嫌だからね。これは浮気防止アイテムなんだから」

彼女が悪戯《いたずら》っぽく言いながら僕の脇腹を小突くので、そんなことしないよと真似《まね》をすると、小夜は知ってるよと声のトーンを落として言った。僕はまた一つ彼女の知らない

一面を垣間見《かいまみ》た気がした。

式場の中庭で、ささやかな披露宴が始まろうとしている。緑に囲まれ、コスモスや、リンドウの花が咲いている。参列者が集まりそれぞれのテーブルで談笑している姿を眺めていると、披露宴が始まるのを待ちわびて自分の胸が高鳴っているのを確かに感じていた。

タキシードとドレスに身を包んだ僕らが現れると会場は温かい拍手に包まれた。その中をゆっくりと歩いていくと親族、会社の同僚、友人たち、一人一人の祝福の視線を感じる。大切な人たちに囲まれた僕たちらしい穏やかな式になる、そんな気がした。お互いに顔を見合わすと小夜の表情は花嫁らしい笑顔で華やかだった。

ふわりと吹いた風がパラソルの端にぶら下げたサンキャッチャーを揺らし、会場が光の反射で七色に輝く。小夜のアップにした髪の後れ毛も、会場にかかる音楽に合わせてまるで踊っているように揺れていた。結婚式ではつけていなかった紅《あか》いダリヤの花飾りが、髪の毛につけられていた。手にしたブーケも同じ、たっぷりとしたダリヤで揃えられ、その色は血の色を連想させる深紅《しんく》だった。

ケーキ入刀の準備が始まるとシンボルツリーをバックにした高砂《たかさご》の前に参列者がぞろ

ぞろと集まる。思い思いに芝生の上にしゃがんだり、カメラを構えたりしていく。

前に出ていく時、芝生の上をピンヒールで歩く小夜が時折よろけそうになるので体を支えながらゆっくりと歩いていると、慎重すぎるよと彼女から言われてしまった。

カートにのせられたケーキが登場すると会場から大きな拍手と歓声が起こった。点々と雲が浮かぶ青空の下に現れたのはバベルの塔を模したケーキだ。上はレンガのような茶褐色のチョコレートクリームで塗られ、下に行くにつれくすんだ茶色へと色を変えていく。所々に人形《ひとがた》のマジパンが配置された歪《いびつ》な塔のケーキは仰々しいたたずまいだった。

「このケーキは新婦の小夜様がお好きな画家ピーテル・ブリューゲル一世の『バベルの塔』をモチーフにしています。それではお二人によるケーキ入刀です」

と司会の方から声がかかると、小夜の参列者の中のチャコールグレーのスーツを着た男性が一人、頭上で大きな拍手をしていた。グリーンのセットアップに身を包んだ女性は拍手の音に紛れてはいたが、声を出して笑っているのだろうか、口が一際《ひときわ》大きく開いているのが見えた。

長いナイフを差し込んだバベルの塔とマジパンの人形はバラバラに崩され、それぞれのテーブルへと運ばれていく。ケーキがのっていた銀のトレーは生クリームの跡が丸くうっすらと残り、その周りを赤や黄色の花がのんきに飾っている。太陽がトレーに反射してギラリと光を放った。

ゲストへプチギフトを渡すテーブルラウンドで各テーブルを回る時、僕の会社の人たちは小夜に手作りの招待状がよくできていたとか、会場の飾り付けについてさすが美大に行ってた人は違うねと声をかけてくれた。そう言われる度に、喜んでいただけて嬉《うれ》しいですと穏和な返事をしていた。

小夜は友人が少なく、披露宴の準備中、時折卑屈な顔をしてみせ、いいよね葉さんは呼ぶ人がたくさんいて、と機嫌を損ねることがあったので少し心配していた。しかしそれは、僕の考えすぎだったらしい。彼女は相手の反応を見ながら僕のゲスト一人一人に丁寧に対応してくれていた。

「いい式だね」

とハンカチで汗を拭《ぬぐ》いながら声をかけてきたのは幼なじみの石川《いしかわ》だった。秋も深まってきた時期とはいえ体の大きい彼は日差しとスーツが暑いらしく、額に大粒の汗を浮かべていた。

小夜は彼のことをまじまじと見つめ、石川くん姿勢が良くなったねと言った。

「太ったけど、姿勢は気をつけてるんだ。おかげで腰痛もなくなったよ」

言葉を続けようとして「パ」と声を発すると、彼は一瞬動きを止めてからぐっと口角を上げ小夜ちゃんは随分痩《や》せたんじゃない？　と汗を拭きながら僕と小夜を交互に見た。

「結婚式に向けてダイエットって毎日頑張ってたからじゃないか？」

と小夜に投げかける。彼女は上機嫌になり、

「そうだね。結構痩せたかも。今日から美味《おい》しいものいっぱい食べるんだ」

と、僕の腕に手を絡ませてきながら目を細め、屈託のない笑顔を見せた。

「僕は程々にしないと」

このスーツも結構きつくて正直焦ってるんだと石川はお腹《なか》のあたりを指差した。スーツのボタンが早く解放してくれと言わんばかりに生地に引っ張られているのを見て、僕らは三人で笑い合った。以前はよく三人で食事に行っていたけれど、石川が動物病院の院長になってから会うことがほとんどなくなってしまった。

「石川の仕事の都合がいい時でいいから、また三人でゆっくりご飯でも行って馬鹿話しようよ」

「恋人は動物ってくらい病院の子たちにつきっきりだけど、今日みたいに息抜きは必要だからね。小夜ちゃんさえよければ」

「いいよな？」

「三人なら、是非。でも積もる話もあるだろうから、私のことは気にせず二人で行ってもいいからね」

「積もる話なんてないよな」

「僕は、三人でも、二人でも……どっちでも」

歯切れの悪い返事をする石川の頬を大粒の汗が流れていく。誰かの機嫌を窺うような視線をし、キョロキョロし始める石川にそんなに緊張しなくていいからと声をかけると、丸く見開いた視線が僕を捉えた。

「だから、スピーチ。そんなに気負わなくて大丈夫だから。リラックス、リラックス」

肩を一つ叩《たた》くと、気もそぞろな表情はそのままに汗を何度も拭い、曖昧《あいまい》な返事をした。

小夜の友人席の一角にチャコールグレーのスーツに身を包んだ男性が座っていた。タブカラーのシャツの首元には丁寧にシルバーのネクタイが巻かれ一目見ただけで上質なものを身につけているのがわかる。

ウエディングケーキを見て、誰よりも大きな拍手を送っていた人だなと彼の方を見ていると、キャンドルに火をつける僕に軽く会釈をしてから、見守るような視線で小夜のことを見つめている。

「三田《みた》さん」

小夜は彼のことをそう呼んだ。

「来てくれてありがとう」

「こちらこそ。招待してくれてありがとう」

僕が小夜の顔をちらりと見ると彼女は察したように、大学時代に美術館で知り合った三田さん、と短く紹介した。彼の話は今でもよく聞く。美術館に行きたがらない僕の代わりに小夜に付き合ってくれている方だ。

「小夜がお世話になってます」

「ケーキは小夜さんのアイディアですか？」

「小夜がどうしてもあれがいいと言って、無理を言って作ってもらったんです」

「バベルの塔を切るなんて人生後《あと》にも先にももうできないと思って。いいアイディアだと思いません？」

三田さんはなんとも小夜さんらしいですねと微笑んでいた。

「それと、そのお花も」

彼が示したのは小夜が髪につけていたダリヤの花飾りだった。

「ダリヤですか」

「ええ。赤がよく似合う」

そろそろと小夜が移動をするように僕を促すけれど、三田さんは饒舌《じょうぜつ》に話し始めた。

「小夜さんは本当に赤が好きですね。以前、赤いキーケースを」

「三田さん、コーヒーにお砂糖足りてます？」

突然何を言い出すんだと思うと、小夜は彼の返事も聞かないままテーブルの上にあった角砂糖のビンを無表情のままコーヒーカップの横に音を立てて置いた。

「三田さん甘党だからお砂糖足さないと飲めないと思って。じゃあ、そろそろ。また三田さんの都合のいい時に美術館付き合ってくださいね」

と別のテーブルへと僕の腕を引っ張っていく。

若葉《わかば》先輩と呼ばれた彼女は小夜の話の中にも時折登場する人物で、大学時代の先輩だという。髪の毛をゆるくまとめグリーンの綺麗《きれい》なセットアップのパンツスーツを身につけていた彼女からはスタイリッシュな印象を受けた。

「ケーキが独創的で笑っちゃったよ」

「若葉先輩ならわかってくれると思ってました」

先程のおかしな行動などなかったかのように、小夜はいつもの様子で話に花を咲かせている。

「小夜ちゃんもブリューゲル好きだもんね。そうだ、ハジメに小夜ちゃんが結婚するんだよって話したら驚いてたよ」

「話したんですか？」

「そうなの。元気にやってるなら良かったって。若葉も早く結婚しろよとも言われたけど、本当大きなお世話だよね」

呆《あき》れた顔を見せながらも彼女の口調は柔らかい。そうだと言って若葉さんは携帯を取り出した。ツーショットを撮って欲しいんだけどいいですか？　と僕にお願いをするので快く引き受けた。

並んだ二人に携帯のカメラを向けると、若葉さんは小夜の肩に腕を回し、屈託のない表情をこちらに向けた。小夜は口角を少しだけ上げて控えめにピースをしている。

「小夜、もっと笑って」

「え、笑ってるよ」

じゃあ、撮りまーすとシャッターを押すとどこかぎこちない二人の画像が携帯画面に表示された。

「そうだ、電報確認した？」

「え、ああ。式が始まる前に一通りは」

「驚いたでしょ？」

「そうですね。わざわざありがたいです」

「前にメッセージくれたお礼だって。それにしても、旦那さんびっくりしませんでした？　小夜ちゃん、コレ！　って決まるとまっすぐすぎるくらいに走っていくから」

「ああ、特に式の準備の時には驚かされました。僕もディスプレイの飾り作りを手伝ったりしたんですけど、全然違うって怒られて。ほんと、スパルタでした」

と冗談めかして言うと、ちょっと葉さんと強めに小突かれた。

「ごめんごめん。オーバーに言いすぎたね。小夜が本当に頑張ってくれたので、こんな素敵な会場になったんです」

「旦那さんもお手伝いしたなら、二人の協力の賜物《たまもの》ですよ」

ね？　と若葉さんが小夜に投げかけると、彼女はそうですね、と言いながらもどこか目に陰りを映していた。

深鈴《みすず》ちゃんは小夜の顔を見た途端、マスカラをたっぷりと塗った睫《まつ》毛《げ》の奥に涙を浮かべ、良かった良かったとまるでお母さんのように喜んでいた。そんな彼女の様子に先程までの暗い表情は一変し、小夜も一緒になって涙を浮かべながら手を取り合った。

「一時はどうなることかと思ったけど、葉さんが寛大な人で本当に良かった。この子と結婚してくれてありがとう」

「いえ、僕はなんにも」

「深鈴、これ以上泣くともらい泣きで二人ともメイクボロボロになっちゃうから。せっかくお互い綺麗にしてるのに、この後スピーチもあるんだよ」

「私スピーチでも絶対泣いちゃう気がする」

そう言って眉毛をハの字に下げる彼女はアライグマのような顔をしていた。周りの小夜の高校時代の友人たちも落ち着いてと笑いながらなだめると、ようやく深鈴ちゃんは呼吸を整えハンカチで涙を拭った。

「小夜の周りは優しくて思いやりのある人が多いね」

「そうかな？」

「みんな小夜のことを思ってるなって感じたよ」

「そうだといいんだけど」

「僕の好きな人がみんなから好かれてて嬉しいよ」

「……ありがとう」

会場をゆっくりと回り終え、式の終盤に電報がいくつか届いていますと司会の方が読み上げた。

療養中の祖母からの電報や、大学の恩師から届いた電報が読み上げられていく。どれも祝いの言葉が添えられ、読み終わる度に僕らは小さくお辞儀をした。

「次が最後になります。琴吹《ことぶき》みゆき様よりいただきました。結婚おめでとうございます。夫婦で結婚生活という人生最大の作品を作ってくださいね。応援しています。とのことです」

会場からは拍手が鳴り、それを聞きながら同じように小さくお辞儀をした。顔を上げた小夜は何度かまばたきを繰り返した後、歯を見せて大きく笑った。吹き抜けた風と共に強すぎるくらい濃い金木犀《きんもくせい》の香りが鼻を掠《かす》めていく。幸せの真っ只中《ただなか》にいる僕たちは最後のスピーチをするために立ち上がった。

＊＊＊

テレビ画面に、目の端に涙を浮かべながら両親への手紙を読み上げる小夜の映像が映し出されている。最後に両親と抱き合った後、彼女はお義母《かあ》さんに涙を拭ってもらい、目を細くして笑っている。

大切な人たちの前で最愛の人と結ばれた結婚式は僕の人生の中で最良の日だった。もちろん今も幸せだけれど、あの日から五年が経《た》っても思い出は色あせず、このディスクの中にずっと閉じ込められている。

「葉さんまた観《み》てるの？」

風呂上がりの小夜が濡《ぬ》れ髪のままリビングに姿を現した。

「本当に好きだよね、結婚式の映像」

「だってこの時の小夜、とっても幸せそうに笑ってるから」

解説

くどうれいん

もし小夜《さや》がほんとうにこの街の、同じ時代のどこかにいる、わたしと同世代の女性だとしたら。わたしは小夜の書くブログを読みたい。きっと大して面白くない。ブログのタイトルもつまらないし、更新頻度にはとてもむらがある。文章は一文一文が短くて、時々自分にうっとりしすぎた日記を書くところがある。わたしはたまたま見つけた小夜の――そのブログの書き手の暮らしに対して大して面白くないじゃんと毎回けちをつけながら、それでも彼女のブログの更新を一日二度くらい確認しに行くのだろう。なんだ、きょうもつまらないと言いながら、小夜という女に強烈に自分が惹《ひ》かれていることを知るだろう。

小夜はきっと、そのブログにおいて数回だけ、とても長い記事を書く。ラブホテルで食べた冷凍ピザのことや、ブリューゲルのトートに気が付いてくれた男が話せば話すほど〝ほんもの〟ではなかったこと（しかし、それはそれでおもしろいと思い始めたこと）、口元にほくろがある女はだいきらいで、お団子に結わえていればなおのことときらいだということ、バベルの塔を模したケーキにナイフを入れるその快感のこと。その数年に一度の長ったらしい記事が、パソコンに表示された横書きの明朝体なはずなのにノートに直筆で走り書きをしたように見える瞬間がきっとあるのだ。わたしはその記事のほとばしる勢いのことをきっとよく覚えていて、そして改めて、この女のことを——小夜のことを、きらいだと思う。

二十八歳になって思うことは、なんだか自分自身が散り散りに存在し始めたような気がする、ということだ。限られた時間の中で会える友人にはどうしても制限があり、「わたしのすべてを話せる親友」がいたのはもはやずっと昔のことになる。恋の話をする友人がいて、趣味の話をする友人がいて、将来の話をするパートナーがいる。すると、いまの自分のことを話せる相手はたしかにいるのだが、いままでの長い年月の自分のことを全部知ってくれていて、かつ、いまの自分にある「幅」のすべてを預けることができる人はもはやいないのだ。それをさみしいことだとは思わない。朝、湯を沸かしながらぼんやりと（わたしのことはわたししか知らない）と思うだけで。

わたしは常に四年前くらいの自分を伴走させて暮らしているような気がする。十七歳の時は十三歳の頃の自分を、二十三歳の時は十九歳の頃の自分を、二十八歳のいまは二十四歳の頃の自分を。「前のわたしなら」と思うとき、その前がだいたい四年前であることが多い。四年前の自分を、毎回いまの自分と結構違う人間のように思う。憎んでいるものも違うし、目指しているものも違うし、戦っているものも違う。一貫性のない人間だなあと自分のことをいつも思う。人はいつも人間の加齢をまるで大樹のように、どんどん上書きされて、丸くなって、よくなっていくことのように語るけれど、わたしはあまりそう思わない。たとえるならばマトリョーシカだ。大きくなった自分に、そのひとつ前の小さな型の自分を収納することができる。それはたしかにそうなのだけれど、わたしにはそのすべてのマトリョーシカを真横に並ばせて、そのまま歩いているような感覚がある。マトリョーシカたちはそれぞれ柄も表情もまったく違う。八歳のわたしは睨《にら》みつけるような目でその体には水色で露草の柄が描かれている。十七歳のわたしは涙を堪《こら》えていて、蛍光緑のスニーカーを履いている。二十一歳のわたしは満面の笑みで胸元に橙《だいだい》色の花束を抱えている。二十四歳のわたしは灰色のスーツを着てやつれた顔をしている。それぞれまったく違う個体だ。生まれてからいままでそれらが同時にすべて、そのまま横並びで存在している。横を見れば全部あるはずなのに〝いちばん大きな型〟としていまを暮らすことで手一杯になって、わたしはついそのことを忘れてしまう。すると、ふいに電車で向かいに座る人の鞄《かばん》に懐かしいキーホルダーを見つけて、昔のわたしが話しかけてくる。

「あれ見て、ねえ、覚えてる？」

『累々』はそういう人間の多面性を、本人にまつわる男たちの目線から語っている。読み進めるごとに砂絵のようにそれぞれの女性の輪郭が立ち上がってきて、その輪郭が重なってゆく。それぞれ別の人間のように思われた物語が、やがて同一の人間に向かって枝葉を広げているのがわかると、腰から肩に向かって、ざざ、と風が吹いたようにぞくぞくする。その構造としての企《たくら》みがとても鮮やかな小説だと感じた。まだ一作品しか小説を書き上げたことのないわたしにとって、その試みはとても大仕事であろうと、高い山を見上げるような気分になる。物語に収めなければいけない情報が長期間かつ、登場人物も多人数となる都合、それぞれの章に現れる人物の職業や性格などの設定が表層的なところで留まったまま進めるしかなくなりそうだが、松井さんはそれを「食べもの」で現実に引き戻すことに成功していると思う。椎茸《しいたけ》と葱《ねぎ》のグリル、青椒肉絲《チンジャオロースー》にかきたまのスープ。ルームサービスで頼んだ乾いた冷凍ピザ。手に入らない男が食べているケバブ、写真を撮るために追加で注文されるチーズケーキ。物語に登場する食べ物はどれも現実感があり、小夜がおなじ世界に生きているかもしれないと思う力を濃くしてくれる。

小夜は結局、とても普通の人だと思う。こわい女だとはちっとも思わない。ひとりの人間の一生に一貫性を求めるなんて、そんなつまらないことはない。一貫性のある人間だと自負している人のほうがむしろ狂気じみているとすら思う。一度しかない人生の中で様々な名前で呼ばれて、その都度これが最後のようなそれぞれの表情をして、逐一目の前のものに絶望をしてわたしたちは生きてゆく。それはあまりにもありありとした現実であると思う。あまりにもお膳立てされた最後の結婚式のシーンは、この物語がほんとうに物語だったらいいのにね。物語ですよ。はい、ちゃんちゃん。という、眠れない子に歌うこわい子守歌のように思えた。すべての小夜からどれだけ鮮やかに輪郭が浮かび上がっても、わたしたちは小夜の手触りを感じることができない。小夜が小夜自身の言葉で自分の思いを語ることはついにないからだ。小夜はそれぞれの「私」を脱ぎ捨てたかったのか、しがみついていたかったのか、わからない。小夜にもそれはわからなかったのかもしれないけれど。

この小説に対して、ハッピーエンドかバッドエンドかと推察し合うことはとてもおかしなことだと思う。だってそれは、わたしたちひとりひとりの人生がハッピーエンドなのかバッドエンドなのか問うことと同じだから。信じれば信じるほうに、疑えば疑うほうに、小夜の思惑は傾く。その企みも含めて、この小説であると思う。

わたしは小夜の書くブログを読みたい。そして改めて小夜のことを好きではないと思いたい。わたしはきっと、好きではないと思いながら小夜のことがどうしても気になって、一度でいいから会ってみたいと思うはずだ。それはほとんど呪いの、ストーカーのようなねっとりした愛情に近い。わたしはこんにちはと握手を交わしたいのではなく、喫茶店にいる小夜のその隣の席にたまたま居合わせるようなことをしたい。いざそうなったとき、わたしは小夜に話しかけるのだろうか。ぜんぶもしもの話なのに、わたしは小夜と大喧嘩《おおげんか》をする自信もあるし、一瞬で仲良くなってしまう自信もあるから不思議だ。

どうしてこんなに小夜のことが気になるのだろうと考えたとき、それはきっと、わたしもまた小夜のように違う人間を暮らしているからだ。わたしは。あるいは、わたしとおなじようにみんなは。まるで最初から最後までまったく同じ人間であるかのように、平気な顔をして毎日をなんとか暮らしている。しかし人間はひとつのグラデーションではない。「わたし」は生きている限り増え続ける。そして増えた「わたしたち」はいつだって、いまを暮らす「わたし」を取り囲み、キーホルダーのパンダのようにぼんやりとこちらをじっと見ている。

（くどう・れいん　作家）

集英社文庫

累《るい》々《るい》

2023年 5 月25日 第 1 刷 定価はカバーに表示してあります。

著　者 松井玲奈《まついれな》
発行者 樋口尚也
発行所 株式会社 集英社
東京都千代田区一ツ橋2-5-10 〒101-8050
電話 【編集部】03-3230-6095
【読者係】03-3230-6080
【販売部】03-3230-6393(書店専用)
印　刷 凸版印刷株式会社
製　本 凸版印刷株式会社

フォーマットデザイン アリヤマデザインストア マークデザイン 居山浩二

ISBN978-4-08-744524-4 C0193